我要对付所有人

UNO CONTRO TUTTI

[意]丹妮拉·科洛吉 著　张皓舒 译

北方联合出版传媒(集团)股份有限公司

万卷出版有限责任公司

著作权合同登记号：06-2023 年第 301 号

图书在版编目（CIP）数据

我要对付所有人 /（意）丹妮拉·科洛吉著；张皓
舒译. -- 沈阳：万卷出版有限责任公司，2024.4
ISBN 978-7-5470-6466-5

Ⅰ.①我… Ⅱ.①丹… ②张… Ⅲ.①儿童小说—长
篇小说—意大利—现代 Ⅳ.①I546.84

中国国家版本馆CIP数据核字（2024）第049506号

出 品 人：王维良
出版发行：北方联合出版传媒（集团）股份有限公司
　　　　　万卷出版有限责任公司
　　　　　（地址：沈阳市和平区十一纬路 29 号　邮编：110003）
印 刷 者：辽宁新华印务有限公司
经 销 者：全国新华书店
幅面尺寸：145mm×210mm
字　　数：100 千字
印　　张：7
出版时间：2024 年 4 月第 1 版
印刷时间：2024 年 4 月第 1 次印刷
责任编辑：王　越
责任校对：张　莹
封面插画：Sara Not
装帧设计：李英辉
ISBN 978-7-5470-6466-5
定　　价：39.80 元
联系电话：024-23284090
传　　真：024-23284448

献给一直支持我

（并容忍我坏脾气）的马西莫

目 录
Contents

糟糕的开始

　　从这个位置看，这所学校既不漂亮，也不寒碜，和之前那所没什么区别。一个平平无奇的社区，一所寻常无趣的学校，一群普普通通的师生。

　　这个时间点，大伙儿正陆续走进校门。

　　有独自一人的，有结伴同行的，有和爸妈走路来的，也有开着车的。而我和他们不同，在最后一遍铃声响起前，我绝不会踏进那扇大门！

　　要是迟到的话，大家会立刻注意到你。我已经能想象那时的场景了：所有人都已落座，而我姗姗来迟，顶着拉风的飞机头，走过一排排课桌。他们肯定会想："噢，他就是那个新来的。真是太有范儿了，瞧瞧那身肌肉，还有他的衣服……"

只需一眼，他们就会臣服于曼努埃尔·鲁索的魅力之下。之后嘛，就要看曼努埃尔的心情了，他会挑选那些中意的人做朋友，不是谁都有资格同曼努埃尔讲话。

8点25分，最后一遍铃声响起。我已经在这棵无精打采的柳树后面站了好一会儿。虽说这不是个藏身的好地方，可我没得选。周围的树都皱巴巴的，纤细的枝条耷拉着垂向地面。这里只有柳树，事实上，这所学校就叫垂柳街附属中学。真是老土。满院不见什么朝气蓬勃的大树，尽是些死气沉沉的臭木头。

"小伙子，你杵在那儿干吗呢？再过五分钟就要上课了，还不赶紧进来！"

"好的好的，来啦！"

一个老头突然出现，打断了我的思绪。他竟敢这样和曼努埃尔说话？他是校长，还是老师？不管他是谁，都正对我虎视眈眈，我决定避其锋芒，暂且退让。我可不想惹上麻烦，要是又被停学，老爸一定会宰了我。更何况这学期还有毕业考试，我得好好表现，至少做做样子，这样才不会被他们揪住把柄。上次郊游，不就被那个可恶的苏珊娜发现告密了吗？这回我得更加小心一点儿。

与此同时，上课铃响了。我踏进校门，穿过走廊，读着一个个班级牌，径直走向我所在的教室——三年级 B 班。

一路上我昂首挺胸，目不斜视。倘若他们问我："你就是那个新来的？你叫什么名字？"我只会回以一抹微笑。要想和曼努埃尔搭话，你得先掂掂自己的斤两。

三年级 B 班，就是这儿了。教室门虚掩着，讲台上不见老师的身影。

我走了进去，发现情况有些古怪。偌大的教室里竟然一个人也没有。见鬼，难道是我弄错了？我走出门，确认了一遍班级牌——三年级 B 班，没错，就是这儿。我再次走进教室，在一排排课桌间打转。这究竟是怎么回事儿？我毫无头绪，只得走向最后一排课桌，在那里坐了下来。

突然，一群学生——也就是我的新同学们——说笑着走进教室，坐到了各自的座位上。一个女生走过来，一言不发地示意我离开，我刚挪了挪屁股，又被另一个男生以同样的方式撵走。我张皇四顾，寻找着救命稻草，可周围的人仿佛把我当作了空气，根本没人正眼瞧我。我不禁陷入了迷茫，小心翼翼地坐到了唯一的空位上。我的两位新同桌，一个从头到脚一身黑，头发遮住了整张脸，自始至终，都没有朝我的方向看过一眼；另一位倒是默默打量了我一番。她长着一张尖脸，戴着一副大框眼镜，整个人就像切开的柠檬，散发出友善的香气。这回她总该询问我的名字，问我是不是新来的了吧，不过我可不会立刻回答，因为要不要回答，得看我曼努埃尔的心情。

半个小时过去了，她居然什么也没问。

太反常了。难不成这个班里都是些问题学生？这帮老师总爱把他们编到一个班级。

"早安，同学们，下面我们开始点名。"

一位老师走了进来，他应该就是教授语文课的潘多夫老师了。他戴着眼镜，穿着牛仔裤，一副老好人模样。出乎意料的是，他的头发竟相当茂盛。他很快翻开花名册，念起上面的名字。好极了，等他念到鲁索的时候，我会回答"在这儿呢"，这样所有人都会转过头来看我，而他也一定会问："你就是那个新来的，对吧？"

"阿尔巴尼斯，巴贝利，卡斯泰利……"

我默记着这些名字，不对，准确来说是姓氏。

"马内蒂，马诺尼，莫罗兹，纳西夫，佩内格里尼。"

"到！"

我左边的同桌，那位柠檬小姐，原来姓佩内格里尼。很好，看样子马上就要轮到我曼努埃尔了。

"佩特兰，鲁索。"

"在这儿呢！"

老师毫无反应，连眼皮儿都没有抬一下，他在花名册上做了个记号，就这么继续念了下去。根本没人转过头来看我。

怎么会这样？这到底是什么鬼地方！

我已经开始怀念之前的学校了，在那里，曼努埃尔是所有人的偶像。没人敢对曼努埃尔不敬，要是惹恼了曼努埃尔，可有他们的好果子吃。真想念姜吉和罗比，我们一起把班上那群蠢货治得服服帖帖。多么美好的时光啊！

没关系，我一定会重现昔日的荣光，这是早晚的事儿。给我几天时间，或者几个小时。我曼努埃尔说到做到。我要让所有人知道我的能耐，得拿个家伙开刀，给他们点颜色瞧瞧。

"今天还顺利吧？和新同学处得来吗？老师怎么样？"

就在我搜肠刮肚，准备编些谎话来搪塞老妈的时候，她已经奔回客厅，继续和闺蜜们聊起了天。这样最好，省得她再对我"言"刑拷打。

我把书包扔到地上，迫不及待地走进厨房。来点好吃的吧！我揭开餐盘上的盖子：今天的菜单是肉排和土豆。我吃着午饭，本以为能享受片刻安宁，谁想到事与愿违，理查德的身影出现在了门口。

"怎么样？"

"什么怎么样？"

每次理查德问我问题时，都会露出那抹讨人厌的笑容，就像是在时刻提醒我，他很聪明，而我是个蠢货。这可真是大错特错。总有一天，我曼努埃尔会证明给他看的。

"新学校怎么样？"他问道。

"无聊死了，比之前那个还糟。"

这是我唯一的感受。

"哦，是吗？那挺好。好好表现，这次可别再闯祸。"

说完，他便离开了。

哼，说得倒轻巧，你这个班里的第一名，总是拿满分的优等生，爸爸妈妈的心头宝。不论做什么，你都是最好的那个，我可比不了。

不过曼努埃尔就是曼努埃尔。

好了，回房间去吧，和朋友聊聊天，再看看电视剧。车到山前必有路，学校的事儿，明天再考虑好了。

瞄准，开炮，击中目标

已经开学一周了，然而一切还是没什么变化。这群人实在太过反常，居然一直对我不理不睬，不闻不问。我不得不主动出击，和他们搭话。我，堂堂曼努埃尔·鲁索。唉，没办法，有时候人不得不做出一点点让步。

在之前那所学校，所有人都争着和我说话，我的身影只要一出现，就会引起骚动。当我双手插兜，嚼着口香糖走过时，没人敢无视我的存在，因为他们都很清楚，曼努埃尔是个惹不起的角色。可在这所死气沉沉的学校，这些木头，这群呆瓜，就像没长眼睛一样。看清楚了，曼努埃尔在主动向你们示好，这是多么大的荣幸，你们竟然感受不到？

终于，在我的一番努力后，他们开始回应我，可无一例外都是敷衍的"你好"。怎么，难道你们不好奇曼努埃尔是谁？可恶的呆瓜们，给我等着，你们很快就会后悔曾经这样对待我。

"鲁索！"语文老师的声音在教室里炸响，"你好像不专心呀，在画什么呢？"

我的经验告诉我，这种时候一定要保持沉默，因为我的回答很可能变成之后用来对付我的呈堂证供。

莫雷诺·潘多夫，学校语文老师，至少十年车龄的黑色雪铁龙 C3 车主，走下讲台，站到了我面前。他瞅了瞅我的笔记本，问道："这是什么，教室的平面图？"

"是的，"我回答，"我长大想当建筑师。"

我本以为周围的木头们会哄堂大笑，可他们竟然一点反应都没有。一片沉默。我不由得有些怀疑，自己是不是身在梦中，还是说我已经死了，在那个世界，所有的一切都和现实截然不同。

"天哪，听到了吗，同学们？"

老师一脸惊讶，可我知道那是装的，我看到他向其他人使了个眼色，显然是在捉弄我。曼努埃尔的眼睛可尖着呢。之后他重新回到讲台，然而还没等我松一口气，他就已经卷土重来："鲁索，上台来，和我们说说为什么你那么喜欢建筑。同学们应该也很好奇，对不对？"

"对！"全班齐声回答。

见鬼。该你们闭嘴的时候，你们反倒开了口。

我磨蹭着站起身，飞快地思考对策，可当我站上讲台时，脑袋里依旧一片空白。

"你有喜欢的建筑风格吗？"

"有，我自己的。"

太棒了，曼努埃尔！你总是这么出人意料，这么对答如流。

我本以为这个回答会逗得他们哈哈大笑，谁想到他们依旧毫无反应。老师望了望天，他摘下眼镜擦擦镜片，打发我回到了座位。

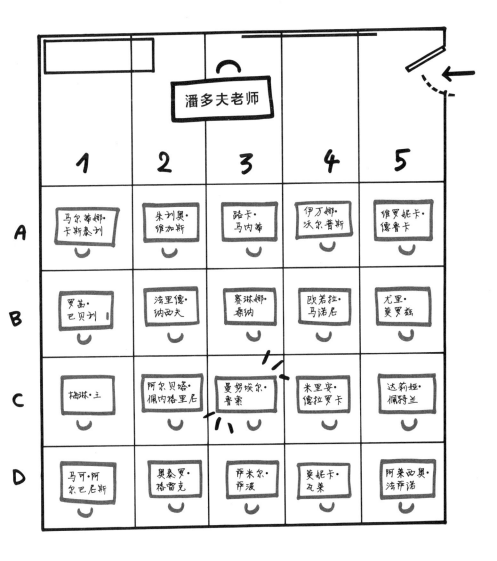

当心点儿！潘多夫，可别得意得太早。要是你还想开车回家的话。如果你惹恼了曼努埃尔，他动一动手指头，就能在你的轮胎上扎一个洞。

话虽如此，潘多夫的眼神儿倒是不错。我画的的确是教室平面图，教室里一共五列四排课桌，从左到右依次为1列、2列、3列、4列和5列，从前往后分别是A排、B排、C排和D排。每个学生都有一个座位编号。为了弄清他们的名字，完善这张图纸，这些天我一直竖起耳朵偷听他们讲话。我的座位C3在中间，我挺中意这个位置，这可是个绝佳的观察点。这个班上的每个人都有弱点，我一定会把它们都找出来，精准出击，直戳要害。太瘦太矮？不会打扮？贪吃嘴馋？还是有不可告人的秘密？这些都将在我的掌握之中。这就像一场海上对战：瞄准，开炮，击中目标。曼努埃尔可不是个忍气吞声的软蛋。我要结束这场荒唐的闹剧，让他们尝尝我的厉害。

铃声响起。好在下节课是科学与技术课，我可以继续假装画画打发时间。讲授这门课的居然是位女老师，不过她长得挺漂亮，她的座驾——那辆几乎全新的红色丰田雅力士Hybrid也和她本人一样吸引眼球。我，堂堂曼努埃尔·鲁素，不得不忍受一个女人站在讲台上，向我解释再生能源设备的工作原理。这所学校里的一切都是如此反常，或许我是坠入凡间的天使，而我的使命是让这个错乱的世界恢复正常。

"今天我们要进行抽问测试。鲁素，你能说说哪些是再生能源，哪些是非再生能源吗？"

见鬼，当然不能。她是不是疯了，竟然在这个时候提问？

"宝贝，今天怎么样？习惯新环境了吗？"

在我编出借口打发她之前，老妈的电话响了，是她的好闺蜜莉莉打来的。真乃天助我也，那个莉莉是卖纯天然美容产品的，接下来老妈肯定会沉浸在洗面奶、日霜和晚霜的世界中，这样她就没工夫追问我的学习情况，我也不用再费劲隐瞒考试得了零蛋的事实。

"你好莉莉，抱歉，我不能聊太久，我儿子还在等着我呢。"

我的脸唰地白了。见鬼，见鬼，见鬼。剧本可不是这样写的！老妈竟然回来了，我如临大敌，冷汗直冒。曼努埃尔啊曼努埃尔，看来今天你是难逃一劫啰。

老妈露出无比灿烂的笑容，她张开双臂朝我扑来。她一定是疯了，除此之外，我想不出别的可能。我也朝她展露笑颜，家长嘛，为了哄他们开心，有时你得学会容忍和迁就。可随后我却听她叫道："理查德！"然后她便径直掠过我，一头扎进了老哥的怀中。我很快搞清楚了前因后果：原来老哥击败了一众竞争对手，拿到了大学奖学金，这不，现在回家报喜来了。

"看见了吗，曼努埃尔，你哥哥多么优秀啊！"

是，是，看见了。理查德拍了拍我的肩膀，而我也拍了拍他的肩膀。"真棒，老哥。"我笑着说，

"你准备什么时候出发？"

照我的推测，拿到奖学金后他应该会去国外待上一段时间。我已经等不及了，到那时我就把他的书桌据为己用，那张桌子可比我的宽敞多了，我还相中了他柜子里的几款卫衣，穿在我身上一定相当帅气。然而现实却给了我当头一棒。老哥准备利用这笔奖金去各地收集论文资料，要过一段时间才会出发。难怪老妈这么高兴，要是她的心肝宝贝现在就离她而去，她一定会痛哭流涕，伤心欲绝。好吧……我的期待又泡汤了。

就在他们讨论庆祝计划，打电话告知亲朋好友这个天大的好消息时，我已经光速吃完午餐，回到了自己的房间。

够了。曼努埃尔失去了耐心，明天就要展开行动。曼努埃尔的权威不容撼动。曼努埃尔不是能被这样忽视的角色。

我抓起哑铃，开始锻炼手臂肌肉，可在做双手交换的当儿，四公斤重的哑铃不慎坠落，砸中了我的脚丫。一连串脏话从我嘴里蹦出，在房间内久久回荡。曼努埃尔从不流泪。我咬紧牙关，拼命忍住快要喷出的泪水。没事。我没事。我已经准备好了，谁也无法阻挡！我的调查笔记内容详尽，分析细致入微，甚至还配有各种草图，CIA探员看了都得甘拜下风。明天起我可要动真格的了，你们的底细我已经摸得一清二楚，谁也别想逃出我的手心。游戏马上开始，等着瞧吧！

目标人物：路卡·马内蒂

第一排正中，座位编号 A3：路卡·马内蒂。

这位老兄不爱说话，就是个闷油瓶儿，但他那低沉且略带沙哑的嗓音却很有辨识度。他的穿衣品位真是不敢恭维，旧兮兮的卫衣搭配牛仔裤，明显是家里老哥淘汰下来的二手货。鞋子更是惨不忍睹，清一色的蓝白色球鞋，一看就是家里老妈从超市买来的打折品。一头放飞自我的乱发让他看起来就像一柄行走的毛刷。不过，真正让我感兴趣的却是他的一个小癖好。

每个小时，每节课间，有时候甚至在上课中途，他都会去厕所。看来这家伙和我外公一样，肾不太好，一定是这样，没错。不过我可不同情他，谁让他不把曼努埃尔放在眼里呢，我曼努埃尔爱憎分明，有仇必报。

我的计划如下：尾随他前往厕所，之后瞅准时机，一脚踹开厕所门——门没法上锁，这为我的行动提供了不少便利，然后"咔嚓"，用手机拍下一张"美美的"照片。马内蒂一定会被这场突袭搞得措手不及，连裤子都顾不得拉上便落荒而逃，而他的"英姿"将被我忠实地记录在手机视频里。等到了晚上，大家上网冲浪的时候，我会发表一篇新推文，题为"马内蒂十万火急，一泻千里"，届时一定会吸引无数眼球，收获众多点赞和评论。路卡·马内蒂，将沦为所有人的笑柄。我承认，拿他人之短做文章并非君子所为，但我必须惩罚这个傲慢的家伙，让他长长记性。

数学老师妮克劳——她的爱车是辆十四岁高龄的菲亚特红色熊猫——拎起包包，离开了教室。和我预料的一样，猎物马内蒂笔直奔向了厕所。

我按兵不动，几秒钟后才站起身，若无其事地跟了上去。距离下节语文课还有五分钟时间，足够我按照计划实施行动。若论伏击战，我可是万里挑一的好手，这回我一定要做得干净利落，滴水不漏。

我走进男厕，四下张望，接着检查了每一处隔间，却不见马内蒂的身影。厕所里一个人也没有。怎么会这样？我又等了一分钟，马内蒂依旧没有现身。

今天早上我喝了太多水，此刻膀胱已在隐隐作痛，反正来了厕所，我决定一不做二不休，顺便解决一下燃眉之急。我选择了中间那个看起来最干净的便池，拉开拉链，褪下裤子。在此期间我一直竖直耳朵，保持警惕：如果马内蒂出现，我会立刻恢复到作战状态，在他方便的时候抓他一个现行。我的动作快如闪电，一眨眼就能完成这种高难度的战术转变。可惜并没有人来，整个厕所静悄悄，只有便池正中不断响起的水声。瞧瞧，我多么厉害，连上个厕所都能正中靶心！我按下冲水阀，穿好裤子，接着看了看手表：已经过去了四分五十秒，这次的伏击计划眼看就要落空。或许下节课课间我可以再试一次，最迟明天，我一定要揪住马内蒂的小辫子。

我扭动门把手，想要拉开厕所门，可门却纹丝不动。我又试了几次，依旧毫无动静，难道门坏了？我被锁在了里面。"有人吗？"我高声询问。一阵哄笑声传入我的耳朵，是两个人，不，三个人发出来的，其中一个人的声音沙哑低沉。看来这并不是意外，而是有人设计，故意把我关在了厕所里。我怒火中烧，用手猛拍大门。

"开门！让我出去，不然有你们好看！"我吼道。

窃笑声渐渐远去，那群坏蛋显然已经脚底抹油，其中一个听起来像是路卡·马内蒂。见鬼，我居然被他给摆了一道？不，这不可能，一个膀胱都不够用的呆瓜怎么会有这种脑子？或许是其他班级的家伙，某个没听过我曼努埃尔大名的家伙。哼，还挺有两下子，或许我可以考虑考虑拉他入伙。只要他立刻改正错误，放我出去，这回我就大人不记小人过。

我拍打着门，"喂喂"叫了几声。

要我拉下脸求人？没门儿。

"有人吗？喂？"

时间一分一秒地过去，我再也顾不得脸面，挥上拳头，提高了嗓门："快开门，开门啊——！"

要是再不放我出去，我就把这扇门给踹破。

一阵拖鞋声响起，接着是水桶搁在地上的声音。

"又在搞什么名堂？"来人一边嘟囔，一边扭动锁孔中的钥匙。门开了，勤杂工罗莎莉娅和我面面相觑，她疑惑地瞅了瞅插着钥匙的门锁，问道："你是谁？"

"三年级B班，曼努埃尔·鲁索。"我咬着牙回答。见鬼，曼努埃尔竟然沦落到了向勤杂工自报家门的田地。

"这些淘气鬼，他们把你锁在里面了？"罗莎莉娅无奈地叹气，"就是怕他们做坏事，我才把钥匙藏了起来，看来我得换一个更隐秘的地方了。"

什么淘气鬼，那就是些该死的恶棍！罗莎莉娅将钥匙塞回口袋，示意我赶紧回教室上课。我恨不得立刻飞奔回去，把所有能想到的脏话一股脑儿地啐在马内蒂脸上。但我克制住了自己，我很有礼貌地敲了敲门，在听到老师的一声"请进"后，这才走了进去，说道："抱歉，我刚才在厕所遇到了点麻烦。"

"噢，没关系的，小可怜。你现在好些了吗，需不需要帮忙？"

好些了吗？我的肺都快气炸了！什么小可怜！我才不是小可怜，曼努埃尔才不是小可怜！更令我愤慨的是班上所有人的态度，他们好像压根儿没有发现我的缺席，包括我的同桌——那位柠檬小姐。真是个不团结友爱的班级！看，路卡·马内蒂坐在他的位子上，一副没事人模样。他一定在等着看我笑话，我可不会让他得逞。于是我继续说道："老师，我没有不舒服，是有人把我锁在了厕所。"

这话刚一出口，我就悔青了肠子。只有胆小鬼才会向老师求助。我真想穿越回一分钟前，捂住自己的嘴巴。

"老天爷呀，这是真的吗！"潘多夫蓦地站起，他一脸震惊，嘴里叨念个不停，其间不时冒出一句

"得向校长报告这件事"，"一定要严查到底"。

打住，快打住，可别扯上校长！我曼努埃尔向校长告状？饶了我吧，曼努埃尔才不会做这种丢人的事儿！

"别担心，老师，现在已经没事了。这可能就是个误会，他们后来把门打开了。"

我转动眼珠，偷偷扫视着教室，我的同学们依旧毫无反应。对他们来说，曼努埃尔的遭遇和老师口中的十九世纪宪法一样无趣。这群呆瓜，等着瞧吧，看我明天给你们准备了什么惊喜。

"那就好，鲁索。正巧，我想问你几个问题。过来，到讲台上来。"

什么？你这个残忍的、没有同情心的魔鬼！我一边慢吞吞地挪上讲台，一边飞快地开动脑筋，想着用什么方法分散潘多夫的注意力。太迟了。潘多夫的问题已经像箭一般朝我射来。

"你能说说短篇小说和长篇小说的区别吗？"

我最讨厌结巴，那有损曼努埃尔·鲁索高冷的形象，但我绞尽脑汁，却只挤出来一句：

"那个，嗯，我觉得……"

好在命运女神依旧垂青我，下课铃适时地响起。真是有惊无险！曼努埃尔，你又一次逃脱了拿鸭蛋的厄运！

放学回家的路上，我偷偷观察着那几个和我同路的同学。我的新猎物对逐渐逼近的危险浑然不觉。明天，三年级 B 班的呆瓜们，好戏即将上演。

目标人物：罗茜·巴贝利

　　第二排左边第一个，座位编号 B1：罗茜·巴贝利。这家伙是个一吃上就停不下来的大胃王，弱点真是一目了然。早上走进教室时，她嘴里嚼着黄油面包，课间休息时，又会变戏法似的掏出两块披萨。日复一日，从无例外。可怜的家伙，她一定每天都在向姐妹们求教减肥妙招，不断安慰自己说，那些紧身牛仔裤不是她的菜，超大号 T 恤才是她的归宿。可事实上，她好像一点也不烦恼，整天乐呵呵的，穿着超大号的衣服晃来晃去。真是莫名其妙，她怎么还能笑得出来？要是她没有意识到自己的问题，那就由我曼努埃尔来告诉她好了。我制订了一整套精密的作战计划，这回肯定万无一失。

根据我这段时间的观察，每天放学后，罗茜都会前往垂柳街尽头的那家快餐店，点上一份汉堡和薯条。怎么，他们家难道没人做饭吗，竟然靠这些垃圾食品果腹？好了，言归正传，我的计划如下：尾随罗茜走进店里，在她狼吞虎咽之际给她来个近距离特写，然后把她满嘴是油的视频发到照片墙上，并配文"#超大号，#胖妞，大快朵颐中的罗茜，和她的迷你小点心"。哈哈，想想都觉得滑稽！曼努埃尔啊曼努埃尔，你可真是个天才，这回肯定能一鸣惊人，收获点赞无数。

下课铃终于响起。今天的每一节课都格外漫长，我就像一块能量过剩的电池，整个早上都在不停地抖腿，焦急地等待放学那一刻的到来。

我站起身，慢吞吞地收拾着课本，等到所有人都离开后，我才走出了教室。螳螂捕蝉，黄雀在后，曼努埃尔可不会重蹈昨日覆辙，被人用同样的手段算计两次。我远远跟在罗茜身后，看着她走进那家快餐店。好极了，一切尽在我的掌握之中。我加快脚步，穿过街道，尽量在不引起过多关注的情况下溜进了店里。不引起关注，这对曼努埃尔来说可不是件容易的事儿。店内弥漫着一股油炸食品和烤肉的味道。见鬼，可别弄臭了我精心打理的头发！今天的顾客并不多，我闪身藏在了一根柱子后。收银台前，我的猎物已经点好了餐，正端着盘子走向餐桌。

接下来该怎么做，在这儿等着吗？罗茜并没有立刻开始享用午餐，而是笑着和谁讲起了电话。到底有什么东西那么好笑？真是个不可理喻的家伙。

好了，她终于挂断电话，拿起了汉堡。就是现在！快点曼努埃尔，行动起来！我一个箭步，下一秒便出现在了罗茜面前。

"嗨！罗茜，真巧呀，你也在这儿吃饭？哇，你的午饭看起来可真不错……"

罗茜正张大嘴巴，准备对她的巨型汉堡来上一口，而我飞快地掏出了裤兜里的手机。就在这电光石火间，发生了一件匪夷所思的事情。

"哎哟！"

一阵刺耳的铃声将我从睡梦中惊醒。我猛地从床上弹起，不小心撞到了头顶上方的架子。

该死，我是什么时候睡着的？

"曼努埃尔，你吃饭了吗，今天怎么样，还顺利吧？"

老妈的声音从房间外传来，她又来盘问我的学习情况了。"很好，很好。"为了快些打发她走，我连声应道，一刻也不敢耽搁。

事实上我一点儿也不好，到现在都还粒米未进。

我再次点开了照片墙。可恶，可恶，可恶！我目眦欲裂，脸色铁青。真想清空大脑忘记一切，可偏偏天不遂人愿，不久前发生的一幕幕在我眼前不断闪现。

镜头回放。快餐店里，我站在正张大嘴巴，准备大快朵颐的罗茜·巴贝利面前。我掏出手机，准备将这一幕记录下来。我的动作快如闪电，可是罗茜——见鬼，直到现在我也想不明白她究竟是怎么做到的——比我更快。她一把抢过我的手机，揭开汉堡上层的面包片，将手机拍进黏糊糊的酱汁里，再盖上面包片，一连串动作如行云流水，一气呵成。接着她张大嘴巴，就像一个醉醺醺的女巫，咧嘴笑着，一口咬了下去。

"快住手，那可是新手机！"我失声尖叫，直到这时才蓦然惊觉，不远处正站着两位围观群众，分明就是我的同班同学。他们正一边笑着，一边用手机记录着这一幕。这两人中一个名叫尤里·莫罗兹，另一个叫伊万娜·沃尔普斯，她的姓氏总让人联想到某种药品。他们怎么会在这儿？在此之前，我可从没有看见他们踏进过这家店门！就在我发愣的当口，罗茜突然凑近过来，冲着我哈哈一笑，这闷雷般的笑声如同一颗从天而降的炸弹，轰得我晕头转向，好一阵儿都没能回过神来。真是噩梦般的经历！每每回忆至此，我都面红耳赤，羞愤难当。我当时的模样一定很蠢，因为一旁的尤里和伊万娜笑得就像打鸣的公鸡，他们立刻把这段视频上传到了照片墙，并配以一个醒目的标题："某个初三蠢货逗乐了我们的大罗茜"。当事人罗茜转发了这条推文，关键词：某个初三蠢货。某个蠢货。"某个"！一时间，点赞和好评如同雪花般飞来，评论区热闹非凡。

这个插曲完全出乎我的预料，我真是哑巴吃黄连——有苦难言。那个野蛮人巴贝利会为今天的所作所为付出代价，我曼努埃尔一定要以牙还牙，以眼还眼。可具体该怎么做呢？我得冷静下来，理一理头绪。

我苦思冥想，却没有一点儿灵感。算了，这事儿容我慢慢考虑。老爸不是说过吗，复仇这道菜得等到酒足饭饱之后再端上桌来。我的对手可是大胃王罗茜，得先让她吃饱喝足，等到她放松警惕，再闪电出击，一招制敌。没错，就该这样。君子报仇，十年不晚，我曼努埃尔深谙等待的艺术。

手机再次响起，我一个激灵，又和头顶上方的架子来了个亲密接触。我疼得眼泪汪汪，铃声却一直没有停下。我瞅了瞅屏幕，是姜吉打来的。见鬼，他该不会也看了那段视频吧？要真是这样，曼努埃尔的脸可没地儿搁了。老天保佑，可千万别让他看见，千万别让他看见……我缩在一旁，根本不敢去碰这个烫手山芋。等到明天再回复他好了，我得赶紧想个借口。不，正确的做法应该是关掉手机，这样就能谎称是手机没电了。对，手机没电了。曼努埃尔，你可真是个天才，还有什么比这更棒的理由？这些天我得保持低调，好好想想之后的对策。

　　"嗨老弟，作业需要帮忙吗？"

　　"不用了。"

理查德那家伙总像猎犬一样盯着我，真是让人烦不胜烦。作业那种东西，对我曼努埃尔来说还不是小菜一碟。他不会真以为家里只有他一个聪明人吧？

我拿过纸笔，漫不经心地涂画起来。

什么数学语文，什么课后作业，都等等再说。我得想一个新主意。没人能逃出我的手掌心，但这回我准备转变思路，另辟蹊径。下一位幸运儿是谁呢？答案马上揭晓。

目标人物：达莉娅·佩特兰

我花了整整一星期才从快餐店事件的阴影中走出来。好在那条视频最终被删除了，看来是那群呆瓜开了窍，终于明白和曼努埃尔作对没什么好下场。适应新环境的过程总是充满艰辛，不过我曼努埃尔可不会退缩，我会一点一点瓦解敌军，赢得这场胜利。

这段时间我一直小心翼翼，不在网上更新照片，要是被人发现我就是之前视频中的主人公，曼努埃尔的一世英名可就要毁于一旦了。

与此同时，我想到了一个绝妙的主意。不愧是你，曼努埃尔！你就是个灵感不断的点子库！小小挫折何足挂齿，即使失败，即使跌倒，你也总能勇敢地站起！

这次的猎物坐在第三排最右侧，座位编号C5，姓名：达莉娅·佩特兰。

金色长发，蓝色眼眸，有着斯拉夫血统的达莉娅·佩特兰是全校最受欢迎的女生，可她本人总是板着一张脸，从不搭理那些献殷勤的家伙。

我的计划如下：对她展开猛烈的追求，俘获她的芳心后，再决绝地抽身而去。我要让她饱尝相思之苦，离别之痛。这是我的好哥们瓦斯科最热衷的游戏，他以此为乐，虏获泪水无数。游戏开始的时候，他是一个为爱奋不顾身的骑士，可事实上这一切都是假象。他心如铁石，冷酷无情，就喜欢看到女生们为他肝肠寸断、以泪洗面的模样。

"那些傻乎乎的女人，每次都会上钩。"这是他经常挂在嘴边的话。瓦斯科是这方面的行家，我自认比他稍逊一筹，但万变不离其宗，道理都是一样。

老实说，达莉娅并不是我喜欢的类型，不过我对自己的演技充满信心，凭我曼努埃尔的魅力，还不得把她迷得神魂颠倒？我将对她展开猛烈的攻势，卡片、私信、情诗、鲜花，四管齐下。老妈种了好多兰花，正好派上用场，我偷偷扯走那么两三朵，她根本发现不了。

而这只是开始，好戏还在后头。一旦我的攻势奏效，就到了故作冷淡的第二阶段。我已经设计好了台词："天哪，你竟然有口臭"，"瞧你瘦的那鬼样子"，"你很漂亮，可惜脑子不太灵光"，以及其他诸如此类的话。她一定会备受打击，羞愧难当。

昨天晚上，我先从老哥那儿顺来一张折叠卡片，又从老妈那里搞来了一根玫瑰色缎带。我把兰花夹进卡片，系上缎带，一切准备就绪。

至于表白用的情诗，只需求助于万能的互联网："你是那夜空中最闪亮的星辰。"为了隐藏身份，我甚至特意改变了字体。现在的我只是一个为爱所苦、被情所困的无名氏。只有放长线才能钓大鱼，要想让猎物上钩，可一点儿也急不得。曼努埃尔，你可真是个机灵鬼，如此完美的计划，只是想想就让人激动万分。

现在只需瞅准时机，把卡片偷偷放进达莉娅的书包。课间休息时教室里人最少，我决定在那时候行动。

下课铃声响起，众人就像脱缰的野马般冲出了教室，只留下我孤零零地坐在原处。我站起身，走向达莉娅的课桌，把卡片塞进了她的书包。放学回家后，她一定会发现这个惊喜，然后——好戏开始。

万事俱备。我冲出教室，直奔厕所。有了上次被困的教训，我一直保持着警惕。之后我在走廊上溜达了一圈，直至上课铃响起才慢吞吞地回到教室。达莉娅似乎没有发现卡片的存在。好极了，一切比想象的还要顺利！

"鲁索！上台来，随堂测试。"

见鬼，见鬼！为了准备今天的行动，昨天我连书都没碰。这位科学与技术课的多纳蒂老师抛出了一连串问题，我头晕脑涨，如坠云雾。我只得辩解说，昨天舅舅在车祸中去世，我太过于悲痛，所以没能复习。老师叹了口气，说道："我很抱歉。"可她表现得一点也不抱歉，依旧用问题把我轰了个灰头土脸。

这群可恶的呆瓜，为了教训他们浪费了我大把时间。要是期末我不幸留级，这笔账都得算在他们头上。在老爸宰掉我之前，我一定要拉上他们陪葬。

"老妈，我回来了！"

奇怪，竟然没人回答，看样子老妈还没有下班回家。我脱掉夹克放下书包，走进厨房，准备找些东西填饱肚子。我刚打开冰箱，就听到一声震耳欲聋的咆哮："看看你又干了什么好事儿！！！"刹那间，狂风过境，地动山摇。老妈杀气腾腾地瞪着我，眼里泪光闪烁。一定是那个可恶的多纳蒂打电话告状，提起了舅舅去世的消息。

"老妈……那个……我……"我结巴着为自己开脱。而老妈已经从阳台折返，手中拎着花瓶："你为什么要扯掉我的兰花？它们怎么招惹你了！！！"

"不是我！"每次身处险境，我都会抛出这句话来争取时间，"你凭什么觉得是我做的？你有什么证据？难不成那上面有我的指纹？"

有时候，我觉得自己就是个天生的喜剧演员，浑身上下充满了幽默细胞。可老妈根本不为所动。她的目光针一般扎在我身上，和我对视半晌后，拎着花瓶，气呼呼地离开了现场。等等，你是不是忘了什么？我的午饭呢？那几朵花难道比你儿子重要？我找来两片面包和一些奶酪，做了个简易三明治，之后端着盘子默默溜回了卧室。这时候最好暂避风头，免得再次撞上枪口。

我点开照片墙，挨个查看好友们的最新动态。那群呆瓜，竟然毫不设防地通过了我的好友申请，真是些天真烂漫的小羔羊。

我滑动屏幕，继续浏览着信息……见鬼！我大吃一惊，嘴里叼着的三明治差点掉在床上。达莉娅上传了一张照片，分明就是我偷偷塞给她的卡片，话题标签"#蠢货联盟"，接着她在下面写道："抄都会错的文盲"。好吧，这是抄的没错，可文盲从何说起？

我往下翻看着评论。见鬼，我竟然把"是"错写成了"似"。当时我一定太着急了。这就是个失误，我才不是什么文盲！我点开"＃蠢货联盟"标签下的推文，诸多勇士前仆后继，十八般武艺各显神通，却没有一人博得达莉娅的芳心。自以为是的家伙，她真以为自己是个香饽饽？这些失败的案例或许能让我少走些弯路，可我才没有工夫仔细研究，再见了斯拉夫小姐，咱们就此别过，我已经锁定了新的猎物，这回可不会再失手！

半小时后，我再次点开了达莉娅的照片墙。她又上传了一张新照片，是一朵被扔进垃圾桶的兰花。糟了，要是被老妈瞧见，我可就呜呼哀哉，再也看不到明天的太阳了！

目标人物：朱利奥·维加斯

第一排左起第二个，座位编号 A2：朱利奥·维加斯。

这家伙就是个软柿子，捏起来根本没什么成就感，可现在的曼努埃尔急需一场胜利来证明自己。不论从哪方面看，朱利奥都是一个完美的猎物：明明是个大小伙子，却总像个姑娘似的低眉垂眼，每次站起来回答问题都羞羞答答，结结巴巴。他忠实地践行着沉默是金的行为准则，就连课间休息时也一言不发。他就像一只惊弓之鸟，总是神经兮兮地左顾右盼，像是在防备可能蹦出的敌人。这种呆瓜，竟然没人拿他取乐，三年级 B 班的家伙们还真是一群无药可救的木头。

我的计划如下：等到朱利奥走进厕所，我突然推开门，装神弄鬼地怪叫一声，他一定会被吓得够呛。就在他丑态毕露之际，"咔嚓"，我已经从容地掏出手机，将他的糗相记录了下来。哈哈，那场面肯定精彩万分！当然，得找个没人的时候实施这场突袭，可不能让路人甲乙丙丁坏了我的好事儿。

"鲁索，能回答一下这个问题吗？"

"啊，什么？老师，能再重复一遍吗？"

下课铃响起，潘多夫没有再对我穷追猛打，只是简单说了一句："下回可别再开小差。"

这家伙，装得宽宏大量，暗地里肯定又给我记了一笔。我点头如捣蒜，双腿却已经迈出教室，奔向了厕所。男厕所里一个人也没有，我在洗手区打着转儿，什么情况，难道今天都没人内急？就在这时，一阵脚步声响起，门应声而开……哇哦，奇迹降临！居然是朱利奥·维加斯！猎物自投罗网，今天可真是我的幸运日！朱利奥根本没有瞧我，他低垂着头，用眼角打量着一个个隔间，像是在挑选合适的位置，可就在下一秒，他竟然直挺挺地栽倒在地。怎么回事，难道是晕倒了？

"喂，维加斯，你还好吗？"

曼努埃尔虽然没心没肺，却并不冷血，这家伙的情况看起来不妙，或许我该叫一辆救护车。

"求你，求你了！给我拍张照片吧！就像这样，像这样趴在便池前！你想让我干什么都可以！我就是个一无是处的饭桶！"

"你说什么？！"

这家伙一定是疯了，居然在央求我欺负他。他葫芦里到底卖的什么药？我既震惊又迷茫，石头般愣在了原地。

"求求你，请把照片发到网上！让所有人看见！你可以这么写：'垂柳街附属中学的可怜虫'，或者这样：'朱利奥·维加斯，男厕所里的人形地毯。'求你了！"

他就这样固执地趴在地上，摆出各种姿势和造型。为了在网上一炮而红，这家伙竟然如此低三下四地恳求我。我说老兄，点赞和关注就这么重要吗，你是不是走火入魔了？

"你脑子坏了吧！"我忍不住叫道，而朱利奥依旧赖在地上，像根麻花似的扭来扭去。我拔腿就跑，冲进院子，大口喘气，想赶紧从这场噩梦中清醒过来。老天爷呀，这到底是什么恐怖电影！

课间休息很快结束，大家纷纷返回教室，我暗下决心，今后见到朱利奥·维加斯一定要绕着道走。我可不想和那种为求出名不择手段的家伙扯上关系，他就是个彻头彻尾的疯子。

放学路上，我脚下生风，和所有人保持着距离，特别是朱利奥·维加斯。我得抓紧时间，今天中午老爸要回家吃饭，不用想也知道，等待我的将是一场末日审判。

尽管手机已经没什么电了，我还是给姜吉回了电话。要是一直不联系他，肯定会被他看扁。

提示铃响了又响，姜吉并没有接起电话。没关系，我可以之后再打给他，而他也会看见这个未接来电，曼努埃尔已经表明了立场。

走出电梯，我笑容满面地拉开了大门。我得给老爸留下一个好印象，曼努埃尔是个乖宝宝，一直都有好好表现。

"我回来了！"

理查德从我面前走过，冲我敷衍地点了点头。他正和女朋友煲电话粥呢，根本没心思搭理我。

我走进厨房，午饭已经端上了桌，可老爸老妈却站在阳台上，好像在讨论着什么。八成又是为了老妈的那些花花草草。

等待吃饭的时间里，我扑上沙发，准备看看电视转换心情。就在我伸手去拿遥控器的当儿，不知什么东西闯入了我的视线。是不是我这些天太过于操劳，所以出现了幻觉？我闭上眼睛，然后睁开：那东西还在，就在我旁边，正直勾勾地盯着我呢。

"老妈，老妈！"我尖叫连连。老妈火速赶来，看到那东西，她竟然一点也不惊讶："啊，没事，那是新邻居家的猫，它特别喜欢从阳台上溜出来玩。多可爱啊。快来福福，我给你吃小鱼饼干。"

"福福？好土的名字！"

我讨厌猫，而猫显然也不喜欢我。福福冷冰冰地瞧着我，不住地冲我哈着气。

"别惹我，福福，不然一拳把你揍扁。"我低声威胁，朝它挥了挥拳头。

福福闪电般地出手，给了我一爪子。我还没来得及反应，它就已经撒腿奔向了救星。

"快去洗手消毒！"老妈一边催促，一边晃动装着猫零食的罐子，安抚那只见风使舵、投怀送抱的臭猫。曼努埃尔才不去呢，这点小伤何足道哉？要是下次被我逮住，我一定照着它的屁股来上一脚，送它一张遨游蓝天的免费机票。福福，拜拜了您嘞！

叮咚。门铃响了。前有"不速之猫"，后有"不速之人", 真是一波未平一波又起。

"曼努埃尔, 能开下门吗?"

我站起身, 走过去应了门。这时候会是谁呢?

"中午好啊, 曼努埃尔!"

门外的身影让我两眼一黑, 差点儿没背过气去。

老妈瞬间出现在我身后, 她怀里抱着那只臭猫, 脸上挂着灿烂的笑容, 嘴角都快咧到了耳朵根。

"真不好意思, 福福实在太调皮, 给您添麻烦了。"

"哪里哪里。来, 这是您的小捣蛋。咪咪咪咪, 瞧瞧, 它多可爱啊!"

我如坠冰窟, 大脑一片空白: 我们的新邻居竟然是多纳蒂, 我的科学与技术课老师。如果可以, 我真想立刻晕倒在地，再也不要醒来。敌人已然兵临城下，从今往后，我的一言一行、一举一动都将在她的监视之中，稍有不慎，老爸老妈就会听到风声。试问天底下还有什么比这更可怕的事？

老爸走了过来，双边会晤顿时升级成为三方会谈。

"没想到新邻居竟然是你的老师，真巧啊，对不对，曼努埃尔？"

"这简直就是噩梦。"我的大脑诚实地回答，可嘴上却应道："是啊。"

你永远可以相信曼努埃尔的演技。

此时此刻，他们的注意力并不在我身上，可将来的事儿谁又说得准呢？

坐下吃饭前，我朝窗外看了一眼。多纳蒂的那辆红色雅力士正好端端地停在院里。

这不是梦，是真的。唯一值得庆幸的是，她并没有对舅舅的逝世表示哀悼之情。还好你管住了自己的嘴巴，我亲爱的老师，不然明天你就得走路去学校了。

目标人物：
阿尔贝塔·佩内格里尼

从现在开始，曼努埃尔可要祭出真本事了。第三排左起第二个，座位编号 C2：阿尔贝塔·佩内格里尼。没错，我准备拿我的同桌，这位班里的模范学生小试牛刀。这次的猎物就坐在我旁边，我得格外小心，以免打草惊蛇。

阿尔贝塔是个一板一眼的家伙，要戳中她的痛处可不是件容易的事儿。可俗话说得好，这世上每个人

（除了我曼努埃尔）都有弱点，阿尔贝塔自然也不例外。这不，她有一个肉眼可见的缺点：毫无吸引力的外表。凭她的长相，这辈子都和选美比赛无缘。而我将瞄准这一点，射出我的复仇之箭。曼努埃尔可不是什么宽宏大量之人，无论是谁，只要惹恼了他，就得付出惨痛的代价。

我的计划如下：等到课间休息时，我会假装随意地和她搭话："你总戴着这么副大眼镜，是为了遮住鼻子的缺点吗？"

而她一定会下意识地反问："什么缺点？"或者故作镇定地回击："关你屁事。"不管她怎么回答，都是死鸭子嘴硬，因为我已经在她心底播下了怀疑的种子。她会奔向厕所，一遍又一遍地照镜子，确认我说的是否属实。人就是如此，只有在他人善意提醒之后，才会意识到自己的缺陷。而我曼努埃尔就是那个提醒她的好心人。我还准备偷拍一些她的正脸和侧脸照片，放到网上，再配上一些搞笑的说明，比如……唉，现在我还没什么头绪，等到时候再慢慢考虑。

卡梅拉·妮克劳，和蔼可亲的数学老师，在下课铃响起的一瞬，就像弹簧般一蹦而起。她飞快地收拾好家伙事儿，朝我们挥挥手后，眨眼便没了踪影。我瞅准时机，转向阿尔贝塔，好奇而又不失礼貌地发问："喂，你总戴着这么副大眼镜，是为了遮住鼻子的缺点吗？"

太棒了！曼努埃尔，你的演技炉火纯青，无人能敌！

阿尔贝塔微微侧头，她的目光落在我身上："你说什么？"

"我说你的眼镜，这么大，是为了遮住你的大鼻子吗？"

瞄准，开炮，命中目标！呜呼！真是完美的一击！

阿尔贝塔睁大眼睛，一脸惊讶地瞪着我，好半天都没有反应过来。这句话的效果真是立竿见影，和我预想的一样，猎物乖乖落入了陷阱。我亲爱的柠檬小姐，从今天起，阳光散去，自我怀疑的乌云将笼罩在你的头顶。这场对战曼努埃尔获胜，曼努埃尔扳回一城！

"对不起，你不会真以为我那么脆弱，会在乎某些初三蠢货，准确点说，某些第一阶段初级中学[①]三年级蠢货说的话吧？阿尔贝塔才不会这么自视甚低，被笨蛋的评价所左右。"

阿尔贝塔的语调毫无起伏，似乎一点儿也不生气。怎么搞的？是我说错了什么，还是她根本没有抓住问题的重点？而且她竟然自称什么"阿尔贝塔"，她以为她是谁，尊贵的女王陛下吗？

"你到底……"曼努埃尔可不会就此退缩，如果一击不中，那就再来一回。

"抱歉用了'笨蛋'这个词，可我一下子想不出

———————

① 意大利中学教育分为初级中学（初中）和高级中学（高中）两个阶段。

别的形容词了，别介意，我并不是在针对你。我喜欢我的眼镜，我的鼻子，我的眼睛，我的双脚。你呢？你也能毫不犹豫地说出这句话吗？我可不这么觉得。你难道没有发现，你的右眼比左眼要小一些？我建议你去看看医生，不过你也不用太焦虑，这点小缺陷应该不至于影响你的视力，只是瞧着不大好看而已。"

说完，她若无其事地继续写起了日记。与此同时，潘多夫走上了讲台，这一节是语文课。

"早上好呀同学们，都读完《乔万尼之死》①了吗？"

阿尔贝塔的话犹如一盆兜头浇下的冷水，让我

---

① 意大利小说家乌戈·福斯科洛（Ugo Foscolo, 1778—1827）的代表作品。

从头凉到了脚。我如坐针毡，恨不得立即起身冲出教室，消失于所有人的视线。可如果真这样做了，岂不正中阿尔贝塔的下怀？曼努埃尔可不能长他人志气，灭自己威风。一只小一号的右眼？怎么会这样？为什么会这样？老天爷呀！我无法接受这个现实！我真想放声大哭，可又不得不把泪水咽回肚里。曼努埃尔从不流泪，曼努埃尔是个坚强的男子汉。可是曼努埃尔竟然长着一双不对称的大小眼！

"鲁索，看你的表情，你好像很喜欢福斯科洛的这首十四行诗呀。诗中什么地方最触动你呢，能和大家分享一下吗？"

架不住潘多夫的热情邀请，我认命地站了起来。我哪儿知道什么福斯科洛，什么十四行诗。我只知道，曼努埃尔竟然长着一双大小眼，而他的随堂测试又要拿零蛋了。

中午放学后，我火箭一般冲出校门，以创纪录的速度飞奔回了家。

家里一个人也没有，这又一次印证了我的理论：家长就是一群靠不住的家伙，不需要他们的时候，他们总在你跟前晃悠；需要他们的时候，他们永远不在身旁。我脱掉风衣，丢下书包，一头扎进了厕所。我打开了所有的灯，仔细观察着镜中的自己。睁眼，闭眼。左看，右看。上看，下看。我又往前凑近了一些，终于体会到"心底一沉"是种怎样的感觉。阿尔贝塔说得没错，虽然看起来并不明显，但我的右眼的确要比左眼更小一点儿。

我冲向电脑，在网上搜索可能的治疗方案。没有，什么也没有，照他们的说法，这似乎并不是什么大问题。不是什么大问题？！曼努埃尔可不能有任何缺点！

我满腔悲愤，掉头扑向冰箱，准备用食物抚平内心的伤痕。我翻出了一切能吃的东西，先是狼吞虎咽地吃光了昨晚剩下的面条，又一口气吞下了四片配着火腿、萨拉米香肠、莫特台拉奶酪、油浸蘑菇，还有斯特拉奇诺奶酪的面包。

饱餐一顿后，我回到房间，倒在床上，痛苦地翻看着好友们的动态。照片、视频、推文，我曾经的同学，我的好兄弟姜吉和罗比，他们的生活是那么多姿多彩。对他们而言，曼努埃尔已是遥远的过去。怎么会这样？再过一个月就是我的生日，除了他俩，我还能邀请谁来参加生日派对？不，不对，在这个无比悲伤的时刻，大小眼曼努埃尔还能够强颜欢笑，苦中作乐吗？无数念头在我脑海里打转，我心乱如麻，胃里一阵翻江倒海。

就这样，我一直呕吐到半夜。第二天一早，面色苍白地来到了学校。曼努埃尔竟然落魄至此，我得赶紧想个招儿，重整旗鼓，挽回颜面。我坐在座位上，飞快地扫视着整个班级，可我挑来挑去，也没能锁定下一个目标。在新学校的这两个月，真是曼努埃尔人生中最灰暗的时光。

我转向左边，发现柠檬小姐阿尔贝塔正盯着我瞧，原来我一直用手捂着右眼。见鬼，之前你对我视而不见，这时候倒关心起我来了？真是猫哭耗子——假慈悲。够了，曼努埃尔，不能再这样继续下去，不能再让他们骑在你头上为非作歹。过家家游戏到此结束，从现在开始，亲爱的三年级 B 班呆瓜们，给我洗干净脖子等着吧。

　　我要对付所有人

变回曼努埃尔

"曼努！起床吃饭了！曼努埃尔！"

"让我再睡会儿，老妈！"

还好今天是周日，我一点儿也不想起床。最近一直诸事不顺，可我偏偏找不到问题所在。真见鬼，全世界好像都在跟我作对！转来这所学校之前，曼努埃尔是万众瞩目的明星，人人都想和我做朋友，唯我马首是瞻，对我言听计从。每次我在照片墙更新动态，都会有大批粉丝为我点赞。而现在呢，曼努埃尔失去了他的追随者们，再也提不起兴致上传照片。曼努埃尔不再是曼努埃尔，曼努埃尔想要变回曼努埃尔。

"怎么，你不和我们一起去艾丽卡姨妈家吗？"

老妈出现在卧室门外，一脸失落地望着我。

"不了，妈，我的肚子还是不太舒服，而且我想复习一下功课。"

"好吧，那你待在家好了，拜托了哦。"

她凑过涂着口红的嘴唇，在我脸上啄了一口。拜托什么？这帮家长，真搞不懂他们的心思。

老爸老妈去姨妈家吃饭，理查德也和女朋友外出约会了。

现在我独自一人，终于可以痛快地流泪了。不，不行，我得挺住。生活以痛吻我，曼努埃尔却要报之以歌。曼努埃尔有泪不轻弹，可不是个会被困难打倒，一蹶不振的懦夫。

昨晚吃饭的时候，我和爸妈提起了眼睛的事，老妈说她不觉得我的眼睛有什么问题，老爸则表示，他同事的朋友的朋友正巧是位眼科医生，他可以带我去检查检查。而理查德那家伙，全程都在一旁咔咔直笑，我恨得牙根儿痒痒，真想撸起袖子打得他满地找牙。

今时不同往日，曼努埃尔不得不用新的眼睛看待周围的一切。一只更小的眼睛。见鬼，见鬼！就此打住！要是再这么继续想下去，我一定会彻底崩溃。难道就是因为这个突如其来的缺点，曼努埃尔才失去光环，沦为了凡人？昨天还是众星捧月的偶像，一眨眼却变成了无人问津的……还是说我犯了什么错？不，这不可能。曼努埃尔从不会犯错，不是吗？面对这个问题，我竟然第一次觉得底气不足，无法给出肯定的回答。

我拧开花洒，倚着墙壁，在热气腾腾的淋浴头下待了整整半个小时。或许有那么一两滴泪水溢出了我的眼眶，但在这滚烫的水幕之下，它们很快消失无影，此外浴室里弥漫的水汽也为曼努埃尔偶然流露的脆弱提供了掩护。

等我走出浴室，时间已经接近中午，我来到厨房享用迟到的早餐。人是铁，饭是钢，要想打起精神，硬汉曼努埃尔必须补充能量。我在餐桌旁坐下，点开照片墙，查看好友们——准确点说，应该是前好友们——的最新动态。姜吉买了一副新墨镜，罗比和他的堂兄弟去了山里散心。真是个让人羡慕的家伙。照片里，我的前同学们个个喜笑颜开，与之相比，我的现同学们却很少在网上更新动态，果然都是些古怪无趣的木头人。特别是那个朱利奥·维加斯，他居然连照片墙的账号都没有，就这样还想着一鸣惊人，真是让人笑掉大牙。我一边看着手机，一边把一袋饼干全倒进了茶里，老妈给我准备了炸肉排和土豆，可眼下我并没有吃它们的打算。

填饱肚子后，我回到房间，随着劲爆的音乐抡起了哑铃。不论何时，肌肉锻炼绝不能松懈，等到天气转热，紧身短袖隆重登场时，大家的注意力都会被我运动员般的身材所吸引，从而忽略掉那双不对称的大小眼。

见鬼，我怎么又想起了这个问题？我关掉音乐来到客厅，试图用电视分散自己的注意力。我浏览着一部部新剧的名字：《眼眸深处》《世界之瞳》《隐秘之眼》。这些可恶的编剧，他们一定是在针对我！在针对我！

似乎有什么东西在我右耳旁呵气，我吓了一跳，猛地转头去瞧。见鬼，福福，怎么又是你这个扫把星！

"这儿不欢迎你，快滚开！"我朝它吼道。可福福根本没把我的逐客令当回事儿，它恶狠狠地回瞪着我，挑衅之情溢于言表。真是狗眼，不，猫眼看人低！

我的大脑还没做出反应，身体已经抢先一步有了动作。我猛地扑向福福，一把揪住了它。有了上次光荣负伤的教训，我谨慎地和它保持着距离。我抓着这只手下败将，直奔阳台，在将它彻底驱逐出境前，不忘发表一番胜利宣言："癞皮猫，你很得意是不是？知道随便闯进我家是什么下场吗，现在就让你看看！"

我拎着福福，将手臂伸出护栏，准备让它体验一番自由落体的魅力，可就在这时，一个声音突然响起，让我的心瞬间凉了半截。

"鲁索！"

见鬼，曼努埃尔，你怎么忘记了这么重要的事儿！

"老师，别误会，我只是想把它送回您那儿去……"

"你到屋里等我，我马上过来带它回去。"

平日里的多纳蒂总是笑意盈盈，但你要是动了她的猫……从风和日丽到电闪雷鸣，可别怪她翻脸无情。这是我刚刚领悟，还热乎着的道理。

多纳蒂摁响了门铃。福福疯狂扭动，挣脱我的钳制，一溜烟儿地躲进了沙发底。我刚打开门，多纳蒂就探进身来，扯着嗓门儿叫道："它在哪儿？在哪儿？"

我指指沙发，多纳蒂走了过去。

"再见，老师。"多纳蒂离开时，我礼貌地同她道别。可她完全无视了我的存在，福福更是懒得瞥我一眼，好一个狐假虎威，猫仗人势！

见鬼，见鬼，见鬼！我真是太大意了，竟然忘记多纳蒂就住在旁边。真是时运不济，流年不利！一股无名火噌地蹿起，可我不敢放声大叫，那会被多纳蒂尽收耳底。我强忍怒气，四处寻找着可供发泄的道具，可不论我弄坏哪个，都会被老爸大卸八块。几番折腾后，我终于忍耐不住，模仿电影里的画面，朝着墙壁猛挥了一拳。砰！

痛！好痛！痛死了！我的手变成了红彤彤的猪蹄，指头更是没了知觉。硬汉曼努埃尔咧开嘴巴，号啕大哭，眼泪汪汪地拨通了老妈的手机。

第五掌骨骨折。面对医生的追问，我不得不交代实情：之所以变成这样，是因为我对着墙壁来了一拳。

"承重墙。"老爸在一旁补充说明。医生给我打了一针止痛剂，又在我的右手上装了固定器。现在，我的模样看起来分外滑稽，就像一个行着举手礼的古罗马士兵。

一会儿回到家，迎接我的肯定是老妈疾风暴雨般的拷问攻击。亲爱的曼努埃尔，祝你好运。

诅 咒

"已经结束了，对，他现在好些了，一会儿见。"

走出医院，老爸给老妈打了个电话，简单地说明了情况。坐车回家的途中，我的脑海里不禁浮现出电影中的场景：战争结束后，美国士兵荣归故里，在他们踏进家门的那一刻，亲友和狗狗激动地飞扑而来，一家人泪眼蒙眬，深情相拥。真可惜，我们家没有养狗，不过老妈一定会洒下几滴眼泪，老哥也会像电影里那样走过来拍拍我的肩膀。除此之外，我大概还能享受几天伤病员的特殊优待。这么一想，受点小伤倒也不赖。

坐电梯上楼时，老爸盯着我连连摇头，就像是在疑惑他怎么生出了这么个傻儿子，不过最终他吐出的还是那句让人耳朵起茧的老话："后果可能很严重，绝不能再有第二次。"

我们刚踏进家门，老妈就飞扑了过来。她一滴眼泪也没掉，而是盯着我右手的固定器，像老爸一样直摇头："没打石膏，看来情况不是太严重。好了，我们得联系一下工人，把墙壁重新粉刷一下。我们还有点事要出门，你赶紧去吃东西，今天你连午饭都没吃。"

"曼努埃尔！"

老哥的声音从房间里传来。真是个没眼力见儿的家伙，难道不该他主动现身迎接我吗？我走进房间，发现他正和一个女生一起坐在书桌前。那好像并不是他的女朋友。

"老弟，怎么样，医生怎么说？"

"还……"我正准备回答，却在这时认出了那个坐在他身边的女生。

"你好啊，曼努埃尔，天哪，看起来好像很严重！"女生先一步开了口。

那个女生是我以前的同学，苏珊娜。她怎么会在这里？

"你还记得苏珊娜吧？"理查德问。

我本想回他一句"当然，我又没得老年痴呆"，但我抑制住了这股冲动，只是点了点头。

苏珊娜立刻接口道："理查德在帮我补习数学，

这学期我学得有些吃力。"

"噢，好的，那拜拜，你们加油。"我一边说，一边抬起打着固定器的右手，向他们挥手道别。苏珊娜，劳拉·费拉罗的好闺蜜，当初的告密之仇，曼努埃尔永世难忘。

我飞快地喝光了铺着厚厚奶酪的十全大补汤（每次听到"医院"这个词儿，都会触动老妈做汤的神经），之后躺在沙发上，翻看好友们的动态。我打算拍一张受伤右手的照片，这种悲情题材一定会引来不少关注和点赞。不过，我可不能让他们知道这是我自作自受，对着墙壁来了一拳的结果，我得想一个更炫更酷的理由。

与此同时，理查德结束了辅导，正陪着苏珊娜一起走向大门。苏珊娜的视线落在我身上，她迟疑地停住了脚步："那个，曼努埃尔，我有些话……"

"你们聊，我回去看书了。曼努埃尔，你能送送苏珊娜吗？"理查德问。

我点了点头，准备从沙发上起身，可苏珊娜并没有离开的意思，而是在我身边坐了下来。

"抱歉，曼努埃尔，有些事我必须和你聊一聊。"

我一脸茫然地望着苏珊娜，她在打什么哑谜？

"餐吧那次，你还记得吧，劳拉气坏了。"

噢，对。餐吧事件。学校组织郊游，我把劳拉·费拉罗反锁在了餐吧厕所里。当时女厕所里没有其他人，我自然不会放过这个千载难逢的好机会。直到大巴车启动，大家才发现劳拉不见了。这事儿引发了一场不小的骚动，以至于学校给了我停学的处分，那已经不是我第一次受到停学处分了，所以学期结束后老爸老妈才让我转了学。

"我不该多嘴的，但还是想提醒你一句，你最好小心一点儿，劳拉给你下了邪眼。"她一脸神秘地说道，指了指我绑着固定器的右手。

"什么？"

"邪眼。怎么，你难道没听说过？那是一种巫术，一种诅咒。再详细的我也不太清楚。不过劳拉的外婆可是这方面的专家，她不仅会下咒，还会解咒，劳拉很可能就是跟着她学的。我本来不太相信这些东西，可是看你这样子，那个邪眼好像真的起作用了。劳拉是我的好朋友，我理解她的心情，但她不该这么做！"

"老天，不会吧！"

我恍然大悟，原来邪眼是一种危险的魔法。可那种东西真的存在吗？看苏珊娜的模样，她好像真的很害怕，更何况她也没什么理由特地跑到这儿来撒谎骗我。

"现在你只是手受伤了，但绝对不能掉以轻心，或许之后还会发生更可怕的事。"

"好吧，真见鬼……"我结结巴巴地说，"难道就没有什么反制的方法吗？"

"你可以找人解掉它。不过我认识的人里没有懂这个的，而且现在这种情况，你也不可能求助劳拉的外婆。你可以四处打听打听，看看有谁能够帮你。我得走了，拜托，可千万别对其他人说这件事是我告诉你的。"

苏珊娜猛地站了起来，我心不在焉地将她送到门外。望着苏珊娜离去的背影，无数念头闪过我的脑海。原来罪魁祸首是这个邪眼！是妖术干扰了曼努埃尔的行动！从路卡·马内蒂到罗茜·巴贝利，所有的失败都和曼努埃尔无关，这个邪恶的力量太过于强大，是它在左右着一切。我竟然一直傻乎乎地蒙在鼓里，还好苏珊娜来找理查德补习功课，说出了真相！

我回到房间打开电脑，在网上搜索诅咒的信息——有关诅咒的说法五花八门，让人眼花缭乱。就在我逐渐沉浸到阅读之中，初窥这个神秘世界的轮廓时，门铃响了起来。

"谁呀？"我高声询问，走向大门。

"是我，曼努埃尔，多纳蒂老师！"

她来做什么？我刚打开门，笑面虎便露出了獠牙："听你妈妈说你的手受伤了，很严重吗？"

"唔，是的。"我故作虚弱，气若游丝地回答。曼努埃尔是位一流的演员，他的演技永远在线。

"看样子得休息好几天了。"

"是的，老师，我周三才回学校。"

"这样的话，之后几节课你大概都会缺席，所以我提前把作业给你带过来了，还好我们住得近。"

多纳蒂露出既像天使又似恶魔的微笑，把这份沉甸甸的礼物放进了我的手里。

"谢谢您，老师。"

"别客气，亲爱的。好好休息。"

唯一合理的解释

戴着固定器睡觉可不是件容易的事儿。你得非常小心，不能趴着，不能侧身，更不能压在上面把它弄坏。你的耐心将受到极大考验。终于，辗转反侧好一阵后，我忍无可忍，扯过一个枕头垫在了手臂下面。刚开始的时候效果似乎不错，然而随着时间的流逝，酸麻不适的感觉再度袭来。我怀着一丝侥幸，试图活动手指，可手指纹丝不动，根本不听大脑的使唤。一想到之后几天还要重复这样的噩梦，我就咬牙切齿，恨不得蹦跶起来，把头顶的天花板给踹破。

我在熊熊怒火中睡去，直到老妈将我唤醒。我含糊地回应着她洗漱吃饭的催促，拖着步子走进了厨房。

依靠仅剩的左手，我花了半个多小时才把光荣负伤的照片传到了照片墙。为了加强悲剧效果，我特地换上了忧郁的暗色滤镜，并在下面写道："致敬这份挥洒血泪的不屈抗争。"

这回总算有人给我点了赞，不过数量依旧没能达到我的预期。看来早上并不适合更新推文，而且——啊，对，没错，我可真是个笨蛋！而且今天是周一，大家都在上课，根本没有时间查看手机。

我坐回电脑前，继续查找有关邪眼的信息。没有了右手的协助，一切都是那么困难，我不得不强忍怒火，保持耐心。曼努埃尔可不喜欢磨磨蹭蹭。我从一个网站跳转到另一个网站，虽然依旧没能弄明白诅咒的原理，但有一点是肯定的：身中诅咒是件相当棘手的事。当你感觉头痛，频频遭遇失败或者事故的时候，诅咒很可能已经找上门来了。头痛、挫折、事故，这几点在我身上都已应验，看来苏珊娜说得没错，劳拉真的给我下了咒。

查阅资料可不是件轻松活儿，我得不时停下，看看手机转换心情。在这期间，又有几位好友给我点了赞。

理查德从厕所里走了出来，像是准备出门。

"喂，理查德，你有没有听说过邪眼？"

这家伙不是号称百事通吗，正好让我利用利用。

"你问这个干什么？"

"就是想问。"我如是回答，言下之意已经相当明显——"乖乖回答就行，别多管闲事"。

"邪眼是一种巫术，那些嫉妒或者讨厌你的人会恶狠狠地盯着你，通过视线向你施加某种魔法，让你倒大霉，走背运。"

"没错，就是这样。"

"就是哪样？"理查德扑哧笑了，"那根本就是骗人的把戏，你不会真的相信这种鬼话吧？"

说完，他拍拍我的肩膀，离开了。

我信！我怎么不信！这是唯一合理的解释！骨

折的右手，变小的眼睛，总跟我作对的达利娅和罗茜，还有那些失败流产的计划，根源都在于这个名叫邪眼的诅咒！身中诅咒并不是什么值得高兴的事，却让我悬着的一颗心落下地来，我总算能够安慰自己，最近那些糟糕的经历都有因可循。

当务之急是解除诅咒。该怎么做呢？这可不是随便拉上一个人就能打听的事儿。

我再次拿起了手机。痛痛痛！瞧我这脑袋，怎么总是不长记性，忘记现在得用左手办事！我笨手笨脚地点开照片墙，相比之前，点赞人数有所增加，不过依旧远远低于我的预期。对了，是诅咒！是诅咒在作怪！一切都说得通了！在点赞的好友中，我发现了姜吉和罗比的名字，或许可以利用这个机会重新和他们取得联系。再过三个星期就是我的生日，像曼努埃尔这般耀眼的人物，怎能独自度过如此重要的时刻？和老爸老妈坐在一块儿唱歌吹蜡烛，那是没断奶的小屁孩才会做出的事儿。

我拨通了罗比的电话。"嘟，嘟，嘟……"提示铃响了又响，没有人应答。他不会换了号码却瞒着我吧？"当你离开王座，臣民便像鱼儿般溜出了你的掌心"，我不记得是谁说了这句话，可他真是太有先见之明了。好吧，算了，排除掉罗比。

我又拨通了姜吉的号码，在铃声第三……第四……第五次响起时，终于有人接起了电话。

"嗨，哥们儿。"姜吉的声音从另一端传来。

"嗨，姜吉，最近怎么样？好久都没联系了。"

"不错，还是老样子。"

我点点头，向姜吉打听起老学校的情况。班上换了几位新老师，转来了一位新同学，除此之外再没有什么新鲜事儿。姜吉似乎并不想多聊，可我却一直刨根问底，不愿错过任何细节，我真的很想念曾经的母校，想念到甚至有些伤感了起来。

但曼努埃尔得把脆弱藏在心底。

"对了，我生日的时候你会来吧？我想办个派对，你觉得怎么样？或者我们出去吃上一顿？"

姜吉结巴了起来，他说他奶奶住院了，说他老爸管得很严，说他得在爸妈外出时照顾他的小妹妹。很明显，他是在委婉回绝我的邀请。曼努埃尔可不是个不懂人情世故的呆子，于是我赶紧替他打了圆场："没事儿老弟，我之后再联系你，回头聊！"

是的，我们回头再聊。在我解除诅咒，变回曼努埃尔之前，最好不要轻举妄动。

外婆，请你长话短说

　　几天过去，我的右手有了明显好转，虽然依旧没能摆脱讨人厌的固定器，但疼痛缓解了不少，除了骨折的小拇指外，其他手指都已经恢复了知觉。我灰溜溜地回了学校，不出意外，没有任何人对我的遭遇表示同情。倒是受伤的右手成了我逃脱各种随堂测试的免死金牌。

　　朱利奥·维加斯总用那双呆滞无神的眼睛瞪着我。他竖起食指和中指，点点眼睛，再调转方向，朝我比画，意思不言自明："你逃不出我的手掌心。"要换作别人，我早就飞起一脚踹得他连声讨饶，可眼前这位却是让人避之不及的朱利奥·维加斯，我只能捏紧拳头，打碎了牙往肚里吞。而罗茜·巴贝利，在看到我受伤的右手后向我问了声好，并附赠一个直冲云霄的爽朗大笑。这或许是她表达惊讶的方式，现在的我已经愈发了解这群呆瓜。只有潘多夫表现出了些许关切之情，当他问起我是怎么受伤时，我只能打马虎眼道："小伤而已，现在已经好很多了。"

我还能怎么说呢？难不成告诉他，是因为我和墙壁比赛，看谁更硬更强？

让人欣慰的是，阿尔贝塔对我热情了许多，她甚至主动询问我是否需要帮助。以我现在的情况当然不可能提笔写字，于是她自告奋勇，把笔记借给了我。这样倒也不错，她的笔记肯定比我那鬼画符般的涂鸦强出不少。

下课铃响起，阿尔贝塔并没有立刻离开教室，而我决定抓住这个机会。趁着四下无人，我鼓起勇气，低声询问："你知道有谁能解除邪眼吗？"

走投无路的曼努埃尔只能兵行险招，求助自己的同桌。她会像往常那样出言嘲讽吗？或者像罗茜那样哈哈大笑？还是会直接把这个问题当作空气？我惴惴不安，一颗心就像十五个吊桶打水——七上八下。

阿尔贝塔正从书包里掏出她常吃的蔬菜三明治，

听我这么问后抬起了头。

"知道呀。怎么，你有需要？"她的回答出乎我的意料。

见鬼，曼努埃尔可不喜欢放低姿态，可现在的曼努埃尔急需帮助。于是我不再隐瞒，向她道出了实情。好姑娘阿尔贝塔，曼努埃尔会在功劳簿里为你大书一笔。

"你运气真好，马尔塔外婆正巧知道怎么解咒。"

"真的？那她能帮帮我吗？"

"当然，我经常去找她，她就住在这儿附近。这个星期天你有时间吗？我带你过去。"

"没问题！"

我终于松了口气。阿尔贝塔的视线却并没有从我身上移开，她似乎在等待着什么。等什么？噢，她或许是想听到这个——"谢了，阿贝。"

　　"不客气。"阿尔贝塔回答，她的唇角向上扬起，像是露出了一抹微笑。

　　她一定觉得非常荣幸，曼努埃尔可不是一个会轻易向人道谢的角色。

　　星期天，下午三点，我准时出现在了罗多登得利街和吉内斯特雷街交会的拐角处。虽然今天是阴天，我还是像往常一样戴上了墨镜，阿尔贝塔已经到了，她也戴着一副深色眼镜。

　　"明智的选择，我们得保持低调。"见我特意用围巾裹住了大半张脸，阿尔贝塔如是评价。这句话显然别有深意，可我却顾不得追问，跟着她穿过了街道。

阿尔贝塔摁响了楼下的对讲机。

"谁呀？"

"是我们。"

门开了，阿尔贝塔朝我点点头，示意我跟上她的脚步。

我们拾阶而上——还好阿尔贝塔的外婆住在三楼，来到一扇紧闭的房门前。阿尔贝塔转头看向我，问道："准备好了吗？"

"啊？啊，好了。"我一头雾水。为什么这么问？联想到阿尔贝塔此前种种反常的举动，我不由得有些紧张起来。

阿尔贝塔按响了门铃。一阵咔咔哒哒的开锁声后，一位披着黑色流苏渔网披肩，束着银色发带的女士出现在了我们眼前。

"噢，你就是尔曼努埃了吧？"

真是个糟糕的开始。我才不是什么尔曼努埃，我是曼努埃尔。不过俗话说得好，人在屋檐下不得不低头，我可不想节外生枝，惹得她老人家不高兴，所以只是礼貌地澄清了误会。我好像听到马尔塔外婆咕咕笑了一声，但我实在太过于紧张，那也可能只是我的幻觉。

这位打扮酷似上世纪弗朗明戈舞者的马尔塔外婆领着我们走进客厅。沙发、扶手椅、书架、电视机，客厅里的陈设简约现代，平平无奇。但眼尖的我还是发现了些许蛛丝马迹，就在那里，在墙上，挂着像是来自印度，或者某个东方国度的彩色画。

"要不要喝点茶，吃些点心？"

"不了，外婆，请你长话短说。"我在心里默默祈求。像是听到了我的心声，阿尔贝塔瞅了瞅我，婉拒了这份好意："不了，外婆，马上开始吧。"

马尔塔外婆又发出了那种咕咕的笑声，看样子刚才并不是我的错觉。

这位神秘的外婆走进厨房，端着一大碗水回到了客厅。她把碗放在桌上，抬头看了看我，又再度返回厨房，取来一个更小的碗，放在了大碗旁边。小碗里装着的并不是水，从颜色和黏稠度来看，更像是某种油。她站在大碗前，让我在她身边坐下。阿尔贝塔不能待在现场，离开前，她朝我点了点头，像是在安慰我说"不要紧张"。

马尔塔外婆将拇指浸进油里，之后伸到大碗上方，让油滴进水中。

"天哪，孩子，你身上有好多好多诅咒。"

"怎么会？真的吗？很多邪眼？"

我吓坏了。

"是的，现在我来试着解掉它们，得重复很多次仪式，要是你急着回家的话，时间可能会不够。"

"不不不，求你了，求你了，马尔塔外婆，求你赶紧把那些东西撵走！"

马尔塔外婆压低声音，吐出一连串意义不明的字符，她将拇指贴上我的额头，画出各种符号，又从一个小袋子里取出一些像是盐的东西，抛向身后。之后她再度将拇指浸进油里，让油滴进大碗的清水中。

"别动，还没结束呢。"

她重复了一次刚才的仪式，接着又是一次。我大气也不敢喘，就像一只瑟瑟发抖的小白兔，紧张得直哆嗦。

"啊，好了，大功告成，现在都清理干净了。"终于，马尔塔外婆咕咕一笑。这古怪的笑声顿时让我起了一身鸡皮疙瘩。

"阿尔贝塔——！"马尔塔外婆叫道。

阿尔贝塔闻声而来。祖孙俩凑在一块儿，嘀嘀咕咕地说了些什么，随后阿尔贝塔转向我，示意我跟上她。"快谢谢外婆。"阿尔贝塔低声提醒，用胳膊肘碰了碰我。

"感谢您的帮助，马尔塔外婆。"

"不客气，尔曼努埃。现在你自由了，咕咕！"

她一边笑着，一边跳舞似的在原地转了个圈，我尴尬地杵在一旁，不知道该摆出什么表情。我同她道了别，和阿尔贝塔一起走下楼梯。来到大门前，阿尔贝塔对我说道："你先走吧，我答应了外婆，要再陪她一会儿。"

"噢，那行，明天见。"

"明天见。"

话虽如此，阿尔贝塔却并没有迈开脚步。我立刻明白了她在等待什么——"谢谢你,阿贝。"

"不客气。"阿尔贝塔回答,上楼去找她的外婆了。

这是个值得铭记的时刻:曼努埃尔战胜邪恶的诅咒,恢复了自由之身,再也没有什么能够阻挡他的脚步。颤抖吧,三年级 B 班的呆瓜们,明天起,让我们开始新一轮的狩猎游戏。

星期一

早上醒来时，我感觉浑身轻松，看来马尔塔外婆的驱魔仪式真的起了作用。我又变回了那个斗志昂扬、战无不胜的曼努埃尔！我打量着镜中的自己，好极了，就连右眼的大小似乎也恢复了正常。

上学路上，我一边踢着一个废弃的易拉罐，一边在脑袋里构思着新点子，我得给班上那群呆瓜一点儿惊喜，作为曼努埃尔强势归来的宣言。快到校门前时，我停下了脚步，望着眼前的柳树，灵光一闪。按部就班实在太没有新意，这次何不来个点兵点将，即兴发挥？这样游戏才更加有趣。毕竟在随机应变这一点上，若我曼努埃尔说第二，可没人敢称第一。我兴奋地握起拳头——准确点说，握起左拳，我的右手暂时无法做出这种高难度动作，迈着自信的步伐，朝着校门走去。

"早安！"

见到我的身影，阿尔贝塔竟然主动打起了招呼。果然，找人解除诅咒是无比明智的决定，一切终于步入了正轨。

课间休息结束后是长达两小时的体育活动课。全班都聚集到了体育馆内的更衣室，为即将进行的男女混合排球比赛做准备。男女混合，真是奇哉怪也，要知道在我曾经的学校，男女生之间可是泾渭分明，谁也不会跨过那条楚河汉界。而这个体育老师，竟然让我们陪着那群小公主玩游戏，天知道她又在打什么坏主意。还好我现在有伤在身，这份苦差事落不到我头上，我大可隔岸观火，在一旁幸灾乐祸。

前半个小时在各种热身运动中一晃而过。我本可以参加其中的跑步练习，但戴着这个无比碍事的固定器，穿脱衣服变得极其困难，所以最终作罢。

就在我美滋滋地幻想着自己坐在休息区，一边看着别人挥汗如雨，一边嘲笑他们——特别是女生们——的各种失误时，体育老师走了过来。百忙之中，她竟也不忘给我安排一份美差，让我担任比赛的裁判。这只老奸巨猾的狐狸，真是变着法儿地不让我清净！在她的要求下，我不情不愿地站到了球网附近的场边，接过她递来的口哨。等等，先把话说清楚，这只口哨是不是新的？我可忍受不了别人的口水。老师似乎读出了我的疑虑，十分贴心地解释道："这是新的，放心用吧，鲁索，我们这儿有一大袋呢。"

说完，她开始讲解比赛规则，末了又补上一句："我全程都只会在一旁观战，我想看看，你们能做到什么程度。"

随后她走向场外，在角落的一张长凳上坐了下来。

我的右侧是穿着红色上衣的红队，左侧是身披蓝色战袍的蓝队。他们这副滑稽的打扮不禁让我联想到校门外的马路督导员。在我身后的休息区，坐着替换队员维罗妮卡、阿莱西奥、莫妮卡、梅琳和奥泰罗，再远一些的地方，赛琳娜和马尔蒂娜席地而坐。

"怎么，你们不上场？难不成是怕弄花你们宝贝的指甲油？"我冲着她们说道，发出一阵嘲讽的笑声。我本以为其他人也会像我一样哈哈大笑，可根本没人捧场。我怎么忘了，这就是一群没有幽默感的木头人！阿尔贝塔不悦地皱起眉头，将炮口对准了我："我也涂了指甲油，所以呢，有什么问题？你怎么老爱对别人指指点点？"

真可惜，明明前几天她可爱了一点儿，怎么现在又变回了那个酸不溜丢的柠檬小姐了？

"我只是想告诉你们这群女生，要是怕弄乱头发弄花脸蛋，不如趁早收拾东西回家，还是逛街购物，聊天八卦更适合你们。"我针锋相对，寸步不让。我就是想要挑起她们的怒火，引发一场战争。

"这种大男子主义蠢话暴露了你的浅薄与无知，不过我们大人大量，懒得跟你计较。当然，以你的智商，也不指望你能明白其中道理。闭上你的嘴巴，吹好你的哨子，少管其他闲事。"

我憋红了脸，也没能挤出一句有力的回击。好在体育老师适时介入，她向我示意比赛可以开始了，于是我吹响了口哨。

罗茜代表红队率先发球。在她的精准控制下，球就像一颗呼啸而过的子弹，落在了蓝队半场，根本没有留给对手任何补救的机会。我不得不吹响口哨，红队先得一分。老天没眼，好一个糟糕的开门黑。红队绝不能赢。伊万娜和法里德也就算了，罗茜、阿尔贝塔、路卡、朱利奥可都在那支队里。我很抱歉，阿尔贝塔，虽然你帮过我的忙，但我必须惩罚你的队友，让他们为之前的所作所为付出代价。想赢下比赛？有我曼努埃尔在，门儿都没有。

比赛继续。红队一直占据上风，蓝队好不容易拿下发球权，却没能守住胜利果实。我真为蓝队感到惋惜，达莉娅就像绿叶丛中的鲜花，她拼命救球的模样令人动容。看在她那么漂亮的分儿上，这次我就宽宏大量地放她一马。至于贺卡那件事，到时候再看我心情，决定要不要和她算账。

这次轮到红队路卡发球。球在空中划出一道长长的弧线，蓝队米里安将球垫起，萨米尔一记漂亮的扣杀，却被网前三巨头阿尔贝塔、朱利奥和法里德无情拦下。

我不情愿地吹响口哨，红队再得一分。真是群靠不住的菜鸟，看来还是得我曼努埃尔亲自出马。

红队路卡发球，蓝队达莉娅将球救起，她抱着球，过了好一会儿才将球传出。作为裁判，我本该吹哨判处犯规，可我却睁一只眼闭一只眼，假装什么也没有看见。比赛进行至此，红队5分，蓝队1分。

当红队把领先优势扩大到6：1时，我再也无法置身事外，冷静旁观。我开始频繁吹哨，要么判处红队持球犯规，要么宣布红队扣球出界。罗茜火冒三丈，冲我不住地咆哮："鲁索，你是不是没长眼睛！"

真是个天真的小鬼头。现在哨子可在我手中，谁赢谁输，得看我曼努埃尔的心情。

蓝队奋起直追，很快将比分扳平，这群呆瓜，他们好像压根儿没有意识到这是我暗中操作的结果。又或许他们已经察觉了什么，却没有点破，而是聪明地利用了这一点。体育老师远远地看着比赛，似乎并没有发现我耍的小花招。

罗茜打出一记致命的扣杀，红队本该得到一分，可我却吹响了口哨，宣布红队过界犯规。

"哪里犯规了？"红队队员大声抗议。

"她的脚过了中线。"我指了指罗茜，无比淡定地回答。

罗茜拼命挥舞手臂，示意暂停，她和队友们交头接耳一番，之后朝我走来。我瞄了瞄老师，她正注视着这一切，好像并没有开口的打算。

"你又在搞什么鬼，鲁索？我看你是故意的吧？"

"谁，我？故意什么？"曼努埃尔的演技滴水不漏，入木三分。

就在这时，变故陡生。蓝队竟然对红队的抗议表示了支持。他们先是凑在一块儿嘀咕了些什么，接着达莉娅出列，代表蓝队说道："我们不该得这些分，是你故意想让他们输掉。"

我没听错吧，胜利的一方竟然站出来说他们不该赢得比赛？真是匪夷所思，闻所未闻！这场突如其来的红蓝军起义让我陷入了孤立无援的境地，我结巴着试图辩白，却被罗茜抢先一步。她夺过我的口哨，摔在地上，用那推土机似的熊掌狠狠一踩。

"再吹来听听呀，歪屁股裁判！"罗茜盯着我，一脸挑衅地说道。谁给她的胆子？竟敢用这种语气和曼努埃尔讲话！

我无言以对，只得求助于场外的老师："老师，罗茜·巴贝利弄坏了我的口哨！"

老师起身走了过来，从纸袋里挑出一个新口哨，递给了我。

"好了，现在请你拿出裁判该有的样子，我会在一旁监督你。"

太跌份儿了，曼努埃尔！你居然像一个被人欺负的可怜包，哭哭啼啼地请求老师主持公道。怎么会有如此荒唐的剧情，这可不是主角该有的待遇！

星期二

昨天真不是个好日子，看来诅咒的影响还没有完全退去。我得沉住气，步步为营，稳扎稳打，绝不能操之过急。我的右手恢复得相当不错，如今我已经能和固定器和睦相处，可以用左手刷牙吃饭，可以自己穿脱衣服，甚至提笔写字。不过我可不会傻到把这件事宣扬出去，一只尚未痊愈的右手，不仅能让我免于作业的折磨，还能让我享受阿尔贝塔持续提供的笔记服务。

正所谓好事多磨，昨天我给姜吉发了一条语音信息，他好像并不像之前那样回避生日这个话题了。十四岁只有一次，错过可不会再来，我一定要好好筹备这场盛典，拍上许多照片，让所有人都见证这个重要的时刻。我已经得到了老妈的首肯，可以自己挑选一家餐厅，邀请五六个朋友，痛痛快快地玩上一场。老爸肯定不会同意这个计划，不过我一点儿也不担心，老妈有的是办法说服他。罗比依旧处于失联状态，显然，他并不是一位真朋友。没关系，曼努埃尔才不在乎，不想和曼努埃尔做朋友，说明他有眼无珠，不识泰山。

今天早上我在校门附近捡到了一只死蟑螂。我发誓，可不是我送它去见了阎王，我发现它的时候，它已经寿终正寝，直挺挺地躺在了那里。我从笔记本上撕下一页纸，把这只死蟑螂包了起来。这可是我最喜欢的道具。我曾把一只蜘蛛放进一位女同学的碗里，她根本没有察觉我的恶作剧，连着碗里的豆角一块儿把蜘蛛吃了下去，等到她发现不对劲，顿时吐了个昏天黑地。那个场面，现在想起来都让我乐得不行。

下课铃响起，猎物欧若拉·马诺尼离开了教室，我的视线落在她打开的书包上，那里面装着她即将下肚的披萨。她应该很快就会折返，作为总是最后一个离开教室的人，曼努埃尔可不会错过这个天赐良机。我拿出包里的披萨，把蟑螂扔了进去。我和欧若拉的披萨是从同一家店里买来的，从包装上看没有任何区别。我一直警惕地盯着大门，以防有人突然闯入，同时以迅雷不及掩耳之势调包了两份披萨。我刚布置好陷阱，欧若拉的身影便出现在门口，她毫不起疑地走向座位，取走了落下的小点心。哈哈，亲爱的欧若拉同学，祝你好胃口！

我走出教室，靠在走廊窗边，浏览起好友们的动态。好像并没有什么新鲜事儿。我一边看着手机，一边咬着披萨，同时竖直了耳朵，等待猎物发出惊恐的尖叫。

时间一分一秒过去，大伙儿开始陆续返回教室，我瞅了瞅欧若拉，她神色自若，不见丝毫异常。为了弄清问题所在，我故作随意地走了过去，同她搭起了话。

"你也是在那个小吃亭买的披萨吧？你觉得他们家味道如何？"

"棒极了，"欧若拉回答，"今天他们放了好多马苏里拉奶酪，味道更好了！"

马苏里拉奶酪？等等！我的披萨里只有番茄，可没什么奶酪。怎么会这样？难道是我忙中出错，难道两份披萨根本没有调换成功？我看了看手中的包装袋，刚才我只顾盯着手机，披萨早就被我一口一口吃了个精光。见鬼，我竟然在不知不觉中吞下了一整只蟑螂！

我只觉得头晕目眩，胸闷气短，还没走到教室门口，就猛地弯下腰，响亮地干呕了一声。此刻的我就像一座突然爆发的火山，向外喷射着还未消化的食物。讲台上，潘多夫一跃而起，一半是出于震惊，一半是为了躲避这波突如其来的攻击。在他的催促下，坐在第一排的路卡·马内蒂站了起来，去请勤杂工罗莎莉娅出山收拾战场。路卡踮着脚，小心翼翼地从我身边绕过，就像是在躲避着什么致命的细菌。

"唔，真恶心。"达莉娅在一旁小声嘟囔。

这句话无比清晰地传入了我的耳朵。曼努埃尔何许人也，竟落得如此下场，真是丢脸丢到了姥姥家。可现在我根本无暇顾及其他，面子还是先放一放，等之后再想办法补救吧。

很快，全副武装的罗莎莉娅赶到了现场。水桶、拖布、刷子，她熟练地挥舞着工具，眨眼间就把一地狼藉清理了个干净。

"你哪里不舒服？是不是感冒了？需要叫家长来接你回家吗？"

"不，不用，老师，我没事，就是刚吃了点儿披萨，胃不太舒服。"我头昏脑涨，口齿不清地回答。

"我带他去喝点水，休息一下。"罗莎莉娅说道。我能想象出众人眼中的画面：罗莎莉娅拎着水桶和拖把，我背影孤独，跌跌撞撞地走在她身旁。这就像一部催泪电影，而那不幸的主角正是我——曼努埃尔·鲁索。

休息一会儿后，我终于恢复了精神。走进教室时，我忍不住朝欧若拉的方向看了一眼，原本应该倒霉的猎物正好端端地坐在位子上，猎人却不幸落入陷阱，成了被宰羔羊。

我的脑袋依旧晕乎乎的，肚子就像针扎一样疼。真是人算不如天算，曼努埃尔竟然在阴沟里翻了船！这明明就是个无伤大雅的玩笑。好吧，或许，我是说或许，这个玩笑是有那么点过火，它不是那么有趣，也并非那么无伤大雅。

我回到座位坐下，满腹心思地叹了口气。阿尔贝塔动作明显地往一旁缩了缩。难道我身上有什么怪味？我飞快检查了一番：衣服并没有沾上脏东西。阿尔贝塔将手伸进书包，像是在摸索着什么，大约五分钟后，她递过来一个小盒子："吃一片木糖醇无糖口香糖吗？薄荷味的。"

见鬼，原来味道是从这儿来的。我转到一边，捂住嘴巴，试探地吹出一口气。天哪，臭味儿直冲脑门，令人窒息。

"来一颗吧，曼努埃尔。"

我接过口香糖，放进嘴里，同时朝阿尔贝塔点了点头，以示感谢。这种时候，我还是闭紧嘴巴，少说话为好。作为回答，阿尔贝塔伸出手，拍了拍我的肩膀。

星期三

　　我就像霜打的茄子，蔫巴巴地回了家。家里不见老妈的身影，我并不准备给她打电话，要是知道了刚才发生的好事，她准会问东问西，唠叨个没完。

　　蟑螂事件的冲击依旧没有过去，虽然已是午餐时间，我却没什么胃口，只草草吃了点肉排和土豆应付了事。就在我准备把剩下的食物倒进垃圾桶毁尸灭迹时，电话响了。是老哥打来的："抱歉，曼努，我有点事耽搁了。要是苏珊娜来了，请你让她稍等一会儿，我马上回家。"

说曹操，曹操到，我还没来得及挂断电话，对讲机已经响了起来。是苏珊娜，这家伙就像日本火车一样准时。我打开门，请她在客厅沙发上坐下，还没等我开溜，她已经抢先一步问道："嗨，最近怎么样，还好吗？"

"挺好的。"我回答，"不过今天我肚子有点不舒服，可能是感冒了。保险起见，我们还是不要靠得太近，以免传染。"

"好的好的，"苏珊娜说，"你看起来确实不大精神。"

看起来不大精神？这个评价可不中听。我朝走廊的镜子里望了一眼，镜中的曼努埃尔面如灰土，形容憔悴。好不容易盼到理查德回家，我立刻缩进房间，倒在了床上。我睡了很久，直到老妈把我叫醒，询问我晚上想吃些什么。我回答说身体不舒服，明天想在家休息，可老妈却铁石心肠地一口回绝："不行，你已经缺了好几天课，今年有毕业考试，你必须打起精神。"

"同学们，别忘了，考试时间已经越来越近，请你们抓紧每分每秒努力学习，千万不能松懈。"在放学铃响起之前，潘多夫一脸严肃地提醒我们。

怎么可能忘记？你们不是每天都像和尚念经，翻来覆去地强调这一点吗？

我慢条斯理地收拾着教材和笔记本。自从发现我的右手能动之后，阿尔贝塔便终止了她的爱心帮助，铃声刚一响起，就和其他人一样跑没了影儿。我的肚子里依旧咕噜作响，还好昨天我把所有的东西都吐了出来，包括那只蟑螂，真是不幸中的万幸。

　　我刚走出校门，就看到一群同学凑在一起叽叽喳喳地议论着什么，他们不时发出兴奋的欢呼，伴随着阵阵口哨声和"继续""再来"的叫嚷。

　　他们似乎正围着什么人，而这勾起了我的好奇心。我故作随意地走了过去，透过熙熙攘攘的人群，看到了法里德的身影。他脱掉外套，露出了里面的粉红色衬衣。不是桃粉，不是玫粉，而是那种无比招摇的亮粉。他的鼻梁上架着一副同款芭比粉心形太阳镜，正一脸得意地咧着嘴笑。哥们儿，瞧你那傻样儿，居然还敢杵在这儿丢人现眼？不，不对，现在可不是感慨的时候，这种天上掉馅儿饼的好事，曼努埃尔可不能放任它溜走，我得赶紧把这一幕记录下来，传到照片墙，再配上个惹眼的标题，比如"三年级B班的粉红男郎"，肯定能一夜爆红，届时粉丝和点赞会像浪花儿一样滚滚而来。哈哈，真是踏破铁鞋无觅处，得来全不费功夫！

说干就干。我假装被这场走秀吸引，挤进人群，掏出手机，将镜头对准了法里德。

"嗨，甜心，这身粉色可真衬你！"我一边起哄，一边准备按下快门。就在我暗自窃喜，以为大功告成之时，斜地里突然杀出了一群程咬金，她们挥舞着手机，发出阵阵高分贝尖叫，就像一股席卷而过的飓风，不由分说地将我撞飞了出去。

"法里德！这边！看镜头！"

这帮女人——其中不乏我的同班同学——已经彻底陷入了疯狂，她们不住地朝法里德抛着飞吻，邀请他合影，像是偶遇了什么超级明星。就算是曾经的曼努埃尔也没有享受过这种待遇。更荒唐的是，男生们竟然也抛却矜持，加入了这场狂欢。

"衬衣很棒，法里德！"

"谢谢老师！"

就连路过的潘多夫也出声称赞，对这场浮夸的个人秀表示了肯定。这所学校可真是怪胎辈出。

"喂，什么情况，他上电视了？"我低声询问一旁的阿尔贝塔。

"没有。"阿尔贝塔头也不回，她咯咯笑着，对着法里德一阵猛拍。

有什么好拍的？那家伙有的东西，我曼努埃尔不也一样不少！

我转动视线，发现朱利奥·维加斯又像往常那样伸出了食指和中指，朝我比画着"你逃不出我的手掌心"。我寒毛直竖，决定立刻离开这个是非之地。

大伙儿众星捧月般地围绕着法里德，而我就像路旁那一棵棵无精打采的柳树，耷拉着脑袋，默默踏上了回家的路。我本以为一切都会走上正轨，可这几天发生的事却和我的预想大相径庭。难不成是马尔塔外婆粗心大意，在仪式途中漏掉了几滴油，没能解除所有的诅咒？

我又朝前走了几步，突然，一个更加可怕的念头闪过了我的脑海。我脚下一软，不得不靠在一栋大楼的外墙上，稍事歇息。要是这一切和诅咒没有关系呢？要是这一切……都是我自作自受，咎由自取呢？

"快到家了吗？"

老妈发来了信息，她正等着我回家吃饭。

别急，老妈，曼努埃尔马上就到。走进电梯前，我站在原地，花了一分钟时间——一分不多一分不少——平复了一番因为恐惧而突然失速的心跳。

星期四

今天潘多夫不在，两小时语文课变成了体育活动课。又是体育课！这帮老师，真以为我们是铁打的吗？我喜欢举哑铃，讨厌跑步和一切会弄湿衣服的运动。还好现在我有固定器这个护身符，可以不用参加这些烦人的练习，可以在一旁惬意地当个啦啦队员，看着别人气喘吁吁，挥汗如雨。不过今天比较特别，场上的主角是班里的一众女生——省女子艺术体操锦标赛开赛在即，体育老师决定开展强化训练，提升队伍实力。

我坐在地上，背靠墙壁，看着女生们挥舞着长长的彩带，在场中傻乎乎地蹦来跳去。真可笑，这算哪门子体育运动？

"哎哟！"

"抱歉，曼努埃尔！"

阿尔贝塔·佩内格里尼真是个必须时刻提防的危险人物，就算是柔软的彩带，到了她手里，也会变成恐怖的杀伤性武器。这不，她的彩带从我脸颊旁飞掠而过，差点戳进我的眼睛。我冷汗涔涔，表面上却不动声色，强作镇定，曼努埃尔什么大风大浪没有见过，可不是一吹就倒的柔弱娇花。

"很好，姑娘们，下面我们开始平衡木训练！"

体育老师拍了拍手，"男生继续在旁边观摩学习！"

"拜托老师，这种东西能叫体操吗？"我不吐不快，终于还是把心底的话说了出来。

"不然呢？"

我站起身，伸出双臂，假装走起了平衡木。我摇摇晃晃地迈出一只脚，站稳之后，又迈出了另一只，之后我向前一跃，以一个精彩的转体180度收场结尾。曼努埃尔的模仿天赋无人能及，我得意地瞅了瞅四周，在场之人皆被我的表演所震撼，一个个如泥塑木雕，不吱一声儿。要换作之前的学校，观众们早就哄堂大笑，献上掌声了。可眼前这帮家伙，就是一群不懂欣赏的土包子，可怜曼努埃尔如此演技，却落得个无人喝彩的下场。

"很精彩，鲁索，看了你的表演，我都有那么点心动，想让你试一试了。好了，现在请你回到原位，训练马上开始。"体育老师干巴巴地下达了最后通牒。

平衡木被放置到了场中，下面铺着用于缓冲的蓝色软垫，女生们排好队站在一旁。马戏团表演即将开场。

打头阵的是伊万娜，她迈出一只脚，踩住平衡木，接着一个用力，另一只脚紧跟而上。她自如地走动着，时而后退，时而弯腰，时而转身，自始至终都保持着完美的平衡。就在表演临近尾声时，她突然一个趔趄，我忍不住出声提醒："小心！"

好在惊悚的一幕并没有上演，伊万娜轻轻一跃，跳下地来，她不住地举臂挺胸，向观众致以谢意。掌声响起，而我无奈地摇了摇头。

体育老师面色如常，好像根本没有听见我的惊叫，没有看见我夸张的摇头。可就在下一位选手即将出场的时候，她忽然冷不丁地说道："好了，下面让男生们来试一试。"

老狐狸，你又在打什么坏主意？这不是淑女运动吗，为什么要把我们这些绅士牵扯进来？

"老师，我恐怕不行，我的手……"

我立刻出声，和其他男生划清了界限。

"噢，好吧，真遗憾……还有其他人想来尝试一下吗？"

"我！"

路卡·马内蒂自告奋勇，朝场中走去。

"脱掉鞋子。"体育老师说道，扶着他踩上了平衡木。路卡显然没有什么体操天赋，他扑腾了老半天，这才把另一只脚也放了上去。

"天哪，这东西居然这么硬！"站上平衡木的路卡就像一只受惊的鹌鹑，缩在原地，一动也不敢动。

"别怕，慢慢来。"体育老师出声鼓励。

女生们全都围拢了过去，七嘴八舌地给他出着主意：伸直手臂，放缓脚步，降低重心。看着路卡那费劲的模样，我不由得想起了在康复中心刻苦训练的外公。路卡使出吃奶的力气，终于有惊无险地走完了这漫漫征程，他跳到软垫上，口中连连感慨：

"真是太难了！"

大家纷纷鼓掌，一些女生热情地拥抱了他。而我站在一旁，露出了一抹嘲讽的微笑。真抱歉，曼努埃尔右手不便，可没办法为这个哗众取宠的家伙送上掌声。

女生们重新开始了训练。这次出场的是达莉娅，我决定暂时收起毒舌，好好当一回观众。老实说，达莉娅的表现并没有什么过人之处，但胜在干净利落，全场报以热烈的掌声，而我朝她吹起了口哨。毕竟她表现不赖，这是她应得的奖赏。

达莉娅之后，当当当当！重量级选手罗茜闪亮登场！曼努埃尔可不会错过这出好戏。我立刻抢占了有利位置，偷偷拿出手机，准备把罗茜的每一个动作忠实地记录下来。为了掩人耳目，我想出了一个绝妙的主意。我不再像之前那样坐在地上，而是站了起来，飞快地点开录像功能后，把手机插进了裤腰，只留下镜头露在外面。谁会察觉到我的小把戏呢？在如此天才的曼努埃尔面前，那些最顶尖的密探也要逊色三分。我跟随着罗茜的步伐，缓缓转动身体。真是让人大跌眼镜，她的动作竟然异常敏捷，展现出了极佳的协调感和平衡力。明明一身脂肪，却能如此灵活，这简直有违常理！大胃天后同时也是体操女皇？不，这绝不可能！一时的顺利并不能说明什么，她应该很快就会失误，或者在结束的时候像个笨冬瓜似的滚落在地。我只需继续拍摄，等待时机，之后再好好利用剪辑功能，删除掉正常片段，只保留那些惹人捶桌的爆笑镜头，便能大功告成。

罗茜走到了平衡木正中，前进，后退，屈膝，转身，她步履轻盈，动作收放自如。

"加油啊，罗茜！"大家不住喝彩，我也不甘落后，跟着他们嚷道："加油啊，罗茜！"这样的话，我的声音也会被一并记录下来。

表演很快接近尾声，我在心里默默祈祷，希望罗茜落地时摔上一个狗啃泥。眼见她就要做出最后冲刺，我立刻抢上几步，尽可能地贴近平衡木，曼努埃尔蛰伏许久，等待的正是这一刻。

与此同时，我用眼角瞄了瞄手机，摄像头一直在正常运行，不过因为我的动作，手机的位置正变得愈发向上，随时都可能滑出裤腰。就在我定睛细看的时候，有什么东西迎面飞来，击中了我的脸，将我掀翻在地。还好地板上铺着厚厚的软垫，而我在摔个倒栽葱的同时机敏地举起了骨折的右手，这才没有酿成悲剧。

"老天，你没事吧？"

我的视线重新聚焦，看清了蹲在一旁的罗茜。

"没事，还好……发生了什么事？"

"鲁索，你怎么会跑到那里去！"

体育老师大发雷霆，从一开始她就一直警告我们，让我们远离这个区域。

"罗茜的一只脚踢到了你的脸，你不该站在这里，还好你没受什么伤。还有，你的手机掉出来了，我和你们强调了多少次，上体育课不准带手机！"

我的手机落在了不远处的垫子上，幸运地逃过一劫。

"我要给你记过一次！"体育老师余怒未消，脸色铁青。

"别这样，老师，求您了，我不是故意的。"

受伤的是我，被记过的是我，苦苦请求老师原谅的还是我。天理何在，公道何在！

我向老师申请去了厕所，我得检查检查，看看手机是否拍摄到了刚才的画面。

视频里，罗茜的表现堪称惊艳，根本没有我满心期待的爆笑瞬间。在跳下平衡木前，她抬起一条腿，转了一个圈，接着做出了一个夸张的分腿跳，再然后……再然后，屏幕突然一黑，显然，就是在这个时候，罗茜的脚和我的脸来了一个亲密接触。

我瞅了瞅摄像头里的自己：左脸上有一片明显的红印儿，老天保佑，可千万别变成难看的淤青。下周二就是我的生日，这可真是飞来横祸！

星期五

"曼努埃尔，你在厕所里搞什么名堂，快点出来，我上班要迟到了！"

老爸重重拍打着门。我正埋首在老妈的一堆化妆品中，寻找能够遮住眼下淤青的魔法道具。

"就好了，老爸，再等一会儿，马上！"

我按下冲水阀，垂头溜出了厕所。怎奈老爸慧眼如炬，立刻识破了我的把戏："你化妆了？嚯，这吹的又是什么风？"

"没有，老爸，我只是想遮一遮肿起来的地方。"

"怎么回事，他们欺负你了？是谁，快告诉我！"

这话立刻触动了老爸的神经，他摩拳擦掌，像是准备随时扑上，将那宵小之徒痛扁一顿。我可不想他掺和学校的事，于是赶紧出声安慰："是我不小心磕到的，没事儿，老爸。"

"噢，那就好。"老爸把心放回了肚里，他走进厕所，关上了门。

我来到厨房，老妈已经上班去了，只剩老哥坐在桌旁。

"早上好呀，小鬼头。"我拉开凳子坐下时，他愉快地和我打了个招呼。

"你又不出门，干吗起这么早？"我叼着一块饼干含混不清地问道，一边往杯里倒着牛奶咖啡。

"我明天有考试，一直躺在床上睡觉可没法复习。下午苏珊娜还要过来补课，今天我可忙得够呛。"

说罢，他揉揉我的头发，钻进了房间。

厨房里只剩我一人，我掏出手机，浏览起了照片墙。我已经很长时间没有更新动态，也懒得再去计算流失了多少粉丝，这会让曼努埃尔本就灰暗的心情更加愁云惨淡。

我一点也不想去上学。虽说转学前我对学校也没什么好感，但那时我可是校园里的风云人物，我的恶作剧屡试不爽，所有人都对我尊敬有加，不用我开口，小弟们便会将作业双手奉上。我从没有挂过科，每次考试都能幸运地低空飞过。可在这所学校，根本没人把我当回事儿，到底是哪里出了问题，我想破脑袋也不明白。照此下去，留级已是板上钉钉的事情，这样或许也不坏，至少我能换一个班级从头再来。可一想到老爸的无情铁拳，我就后背一凉，立刻改变了主意。我至少得抱抱佛脚，保证基础学科拿到及格的分数。

我继续滑动手机屏幕，突然，一张双人合照吸引了我的注意。是姜吉和罗比，他们站在一起，比着胜利的手势。发生了什么好事？照片下方没有任何说明。我刚刚还在想着，下周二至少能和姜吉一起庆祝生日。我准备请他去吃披萨，就像成熟的大人一样，促膝长谈，好好地聊上一聊。

见鬼，居然已经八点十分了，再不抓紧时间可就要迟到了。

"阿尔巴尼斯，巴贝利，卡斯泰利……"

在这个呆瓜云集的班级，上课前的流程总是这么乏味无趣。坐在我左手边的阿尔贝塔总会在这个时候整理她的课本、笔记和文具，那一丝不苟，不放过每一个细节的认真劲儿，让我忍不住怀疑她是不是有什么怪癖。不过现在我可不能和她撕破脸皮：我身上的诅咒还没有清理干净，我想再去一次马尔塔外婆那儿，解决掉那些漏网之鱼。

"到！"阿尔贝塔一边回答，一边继续检查着铅笔的笔尖。

"鲁索？鲁索！听到了吗？"

"到！"

见鬼，我竟然走神了。妮克劳老师把眼镜拉到鼻尖，她的目光就像两道 X 射线，将我从头到脚扫描了一遍。

课堂上的时间过得飞快，我一直心不在焉，想着别的事情，现在我根本不担心会被叫上讲台，回答那些天书般的问题。这次的第五掌骨骨折为我提供了不少便利，只可惜再过十多天我得回医院复查，如果恢复得不错，他们就会取掉固定器。

课间休息时，我去了一趟厕所。戴着固定器上厕所需要高超的技巧，而我早已精于此道。我一直保持着警惕，一旦有什么风吹草动，便会光速撤离，曼努埃尔可不会在同一个地方跌倒两次，被人再度反锁在厕所里。好在风平浪静，并没有人前来暗中使坏。

我按下冲水阀，走出隔间，正巧瞥见路卡·马内蒂的身影消失在另一扇门后。我复仇之心顿起，决定抓住这个机会一雪前耻。就在我四处寻找着木棍，或者其他能够卡住隔间门的道具时，马可和萨米尔走进了厕所。

"你想洗手？"见我在洗手区徘徊，萨米尔问道。

我抬起戴着固定器的右手，撇了撇嘴，像是在说"有这东西在，谈何容易"。

"所以你上厕所从不洗手？"马可无比震惊。

"怎么可能，我的意思是，我刚才已经洗过了。"

听我这么说，马可和萨米尔松了口气。萨米尔的视线落在我的一侧肩膀上，就连马可也盯着那里，像是被什么东西吸引了。

"怎么了？我肩膀上可没有固定器。"我忍不住出声调侃。

"唔，没什么。"萨米尔有些心虚地回答，他和马可别有意味地对望了一眼。

"到底怎么了，别卖关子。"

马可指了指我的右肩："那儿有好多头屑。"

"什么？！"我条件反射地抬起左手，拍了拍马可指着的地方。今天我穿了一件深蓝色外套，如此明显的色差，要是他俩所言非虚，肯定也逃不过其他人的眼睛。

"不可能，我从来没有那种东西！"我拒绝接受这个现实。

"现在有了。本来不想告诉你，是你一直坚持要我们说出来的。"萨米尔说，他擦干手，和马可一道翩然而去。厕所里根本没有镜子，我只能掏出手机，对着肩膀来了一张特写，可照片里根本看不清细节，而且我刚用手拍打过那里，就算真有头屑，也被我弹了个干净。

　　先是眼睛，现在又来了这个，真是屋漏偏逢连夜雨，船破又遇顶头风。曼努埃尔可经不起这接二连三的致命打击！

曼努埃尔呼叫曼努埃尔

晚餐时分，理查德的名字成了出现频率最高的词语。理查德又拿了满分。理查德多么聪明。理查德多么优秀。理查德这，理查德那，理查德东，理查德西。

"曼努，你在发什么呆呢？"

我正努力忽略着周遭的一切，蜷缩在精神世界里，一个只有曼努埃尔，没有超人理查德的角落，可老妈的声音无情地把我拉回了现实。

"怎么，你不为哥哥感到骄傲吗？"老妈不依不饶地追问。

当然骄傲了，他可是曼努埃尔的老哥，我们有着相同的基因。但要说心里话，曼努埃尔已经厌倦了扮演无能老二的角色。在大家眼中，理查德是十项全能的优等生，而曼努埃尔却是个脑袋空空的惹祸精。若论外表，我比理查德帅气许多，可好像压根儿没有人注意到这一点。更糟糕的是，现在这唯一的优势也正在离我而去。

"今天有两个同学说我有头屑。"

我本来不想谈论这件事，可话到嘴边，却不由自主地说了出来。这样或许也不错，他们肯定会安慰我说根本没有这回事，别听你那些同学胡扯。

谁想大家毫无反应，老妈又起盘中的沙拉，轻描淡写地说道："这不是很正常吗，洗洗就好了，别想太多！"

　　洗洗就好？老妈，你还不如一刀给我个痛快！

　　吃过晚饭，我立刻回到房间。我不想看电视，也不想浏览什么照片墙，我对一切都失去了兴趣，只想从这个世界上彻底消失。男儿有泪不轻弹，只是未到伤心处。我强忍泪意，躺在床上，在脑海中幻想着自己的葬礼。老爸老妈涕泗横流，理查德在一旁搀扶着他们，他伸出一只手，放在棺椁上，无比深情地说道："亲爱的老弟，我一直都没能告诉你，我为你感到骄傲。"

　　画面继续推进，我的朋友和同学个个眼含泪水，他们终于意识到曼努埃尔是个多么杰出的人物。哀悼的鲜花犹如雨点般落下。

"曼努，喝点甘菊茶吗？"

老妈的声音又一次闯入脑海，无情地打断了我的葬礼进行曲。甘菊茶？我才不喝呢。

"来一杯，老妈！"

不，我要喝，我得喝，这样才能让他们知道，曼努埃尔现在很不好。希望这杯茶带给曼努埃尔一个好梦。

我睡得很沉。等我再次睁开眼睛，阳光已经从百叶窗的缝隙间溜了进来，看来今天是个晴朗的好天气。往常这种时候，我已经愉快地起床准备，和姜吉、罗比，还有其他朋友外出散心，我们会拍上许多照片，一起传到照片墙。那些美好的日子依旧历历在目，他们怎么能如此决绝地抽身而去？我试着沉入梦乡，来场回笼觉，一睡解千愁，却又在下一秒睁开了眼睛。我可不能这么消沉下去，躺在床上虚度光阴。如此美妙的清晨，我应该收拾收拾，出去透透气。可要是碰上熟人了呢？他们一定会在背后指指点点："看呀，曼努埃尔居然一个人在街上溜达。"不行，不能冒这个险。为了曼努埃尔的形象着想，在一切重回正轨之前，还是不要太过于招摇。

我下了床，推开窗户，阳光倾泻而入，将我拥了个满怀。室外温度很低，但碧空如洗，万里无云，真希望这个好天气能一直持续到下周二，我生日那天。

我看了看手机，除了一个昨天老妈的未接来电，再没有别的信息。我飞快地给姜吉发了一条短信：

"怎么样，周二有空吗？要不要一起去吃披萨？"

五分钟过去了，姜吉没有回复。好吧，他可能正忙着呢，我还是先去洗漱好了。

我趿拉着拖鞋，哈欠连天地走出了房间。刚踏进厕所，我就凑到了镜子前，检查脸上淤青的状态。真是可喜可贺，淤青已经彻底消失，我的俊脸又恢复了光彩。亲爱的大胃天后，体操女皇，和我曼努埃尔作对，你还欠点火候！

无意中，我发现洗漱台上放着一个眼生的蓝色瓶子，瓶子的标签上赫然写着"去屑洗发水"五个大字。

我的视线不由自主地落到了肩膀上，见鬼，上面真的有东西：白色的小碎屑，显然不是什么不小心沾上的奶酪渣。我眼前一黑，差点晕倒在地。残酷冰冷的现实就摆在眼前，变小一号的右眼，从天而降的头屑，真是福无双至，祸不单行！

老爸老妈和老哥都已经出门，走向厨房的路上，我不再克制，就像爆豆子似的，噼噼啪啪，喷出好一串脏话。

一通发泄后，积压已久的怒气终于得到了疏解。我把牛奶扔进微波炉，又从包装袋里掏出一块块饼干，急不可耐地塞进嘴巴。

叮，清脆的提示音响起。有新的消息。我的心情终于阴转多云。曼努埃尔就是如此坚强，只需一点小小的安慰，就能走出低谷，重新振作。

发信人姜吉：

"吃披萨可以，但周二我没时间，姑父姑妈要来家里吃饭。"

不！见鬼！见鬼！连你也要离我而去了吗！

"那放学后总行吧，一起吃午饭，或者早午餐也可以。"我依旧不肯放弃。

姜吉回复：

"姑父姑妈上午就到，我得陪着他们。"

他甚至还配上了一个挥手再见的小表情。再见个大头鬼！姜吉，你这个叛徒，没心肝儿的白眼狼！

真是个糟糕透顶的周末，就连生日也失去了盼头。

我回到卧室，一头栽倒在床。

为什么会变成这样？曼努埃尔呼叫曼努埃尔，听到请回答。曼努埃尔，你为什么不回话？

原来，天真的会塌下来。我失魂落魄地盯着头顶上方的天花板。我的老朋友迫不及待地想要摆脱我，我的新同学对我爱搭不理，视若无睹。而我或许知道问题出在哪里。

最后一根稻草

明天晚上外公外婆要来家里吃饭，和我一块儿唱歌吹蜡烛，可这样的生日并不是我想要的。我辗转反侧，思索良久，为了理想中的生日和曼努埃尔的名誉，我决定放手一搏，再做最后一次尝试。

仔细想想，在这段时间的相处中，我好像并没有给那群呆瓜太多了解我的机会，他们可能压根儿不知道明天是我的生日。或许我可以邀请他们去快餐店，给他们每人点一份帕尼尼，以此来增进感情，并借机拍上一些照片，让姜吉、罗比和那些曾经的同学好好瞧瞧，曼努埃尔永远都是曼努埃尔，他光芒万丈，魅力无双，不管走到哪里都是万众瞩目的明星。

课间休息时，我又发布了一篇推文，主题依旧是即将到来的生日。和前两篇推文一样，除了零星的点赞和几个来自陌生人的小心心，这篇推文再没有溅起别的水花。或许现在还为时过早，毕竟这群呆瓜都不怎么爱看手机。

课间休息很快结束，大伙儿回到了座位。"明天下课铃一响，咻——我就得赶紧开溜。"我压低声音，故作神秘地对阿尔贝塔说道。她刚吃完水果沙拉，正用纸巾擦拭着餐叉，听我这么说，只是点了点头，丝毫没有追问的意思。见鬼，真是个不解风情的木头！我到底怎么想的，竟然和书呆子说这些？这根本就是鸡同鸭讲，白费口舌。

语文课结束后，大家纷纷起立收拾东西，准备前往体育馆。几位同学走向讲台，和潘多夫咬起了耳朵。这帮家伙，到底哪来那么多讲不完的悄悄话？我表现得满不在乎，心里却像有千万只蚂蚁在爬动，恨不得变成顺风耳，偷听他们谈话的内容。

"鲁索，请过来一下！"

潘多夫竟然在叫我，还是这种时候，他又在打什么算盘？我抬起左手，指指右手，无声地向他传递着信息："老师，我戴着固定器呢，什么也做不了。"可潘多夫一眼看穿了我的小心思，他比了个手势，示意我赶紧过去。

其他同学正鱼贯而出离开教室，我不紧不慢地走到潘多夫身边，朝讲台下扫了一眼。朱利奥·维加斯依旧坐在位子上，正孜孜不倦地朝我比画着"你逃不出我的手掌心"。真是阴魂不散！维加斯，你可别蹬鼻子上脸，得寸进尺！

等到他也离开后，教室里便只剩下了我和潘多夫。

"为什么要在教室里戴墨镜？"潘多夫开口询问。他的语气非常温柔，却依旧没能撬动曼努埃尔紧闭的心门。

"因为我的一只眼睛出了点问题。"我回答。

"噢，原来是这样，很严重吗？"

"不，不。"我立刻说道，曼努埃尔可不想被人当作病秧子，只是有一只小一号的眼睛需要隐藏起来而已。

"是这样的鲁索，有件事，我们需要你的帮助。"

"当然，老师，您说。"

既然你如此恳求，曼努埃尔义不容辞。

"咱们班正在筹备一场戏剧表演，排练时间有限，而我们现在急需一名新的演员。"

"不不不，不行，老师，我可不想演什么戏剧！"

曼努埃尔是位一流的演员，这点毋庸置疑，但他可不想和呆瓜同台，一起念那些傻乎乎的台词。

"我一直觉得你很有天赋，一定能在舞台上大展身手。"

不错，很有眼光，可就算你这么说，也不能让曼努埃尔改变主意。这可是原则问题。

见我一直拨浪鼓似的连连摇头，潘多夫盯着我墨镜后的双眼，扔出了他的王牌："大家都铆足了劲，想演好这场戏。这样吧，只要你积极配合，参与到这场集体活动中来，这学期我会给你一个及格的分数。但下学期你必须好好努力，把落下的功课都补回来。你学习一直不在状态，是不是有什么烦心事？愿意和我聊聊吗？"

说什么傻话！曼努埃尔顶天立地，行不更名、坐不改姓，才没有什么难言之隐，更不需要心理医生的安慰！

"好吧，老师，我去。"

我飞快掂量了一番潘多夫的提议，考虑到我目前的处境，除了接受，似乎别无选择。

"很好，鲁索，很好。排练明天下午四点开始，吃了午饭你得再回学校，我会给你的父母发一条信息，告诉他们这件事。"

明天？你说明天？明天可是我曼努埃尔的生日，开什么玩笑？！

"好了，快去体育馆吧。"潘多夫催促道，一边把教材和备课本装进包里，他穿上外套，站起了身。

"你会喜欢这个剧本的，而且这也是一个融入大家的好机会。"

别了，我的十四岁生日。在这个无比重要的关头，谁能想到，陪伴我的竟是一场滑稽可笑的排练，以及开口"理查德好"，闭口"理查德妙"的外公与外婆。噢，对了，还有一只小一号的右眼和不请自来的头屑。

苍天在上，我只想让那群呆瓜见识见识我的厉害，我只想让他们心悦诚服，对我顶礼膜拜！哪怕一个人也好，哪怕一个人也好！可他们自始至终都对我视而不见！

这场突如其来的排练真是压垮曼努埃尔的最后一根稻草。站在舞台上，穿着小丑般的戏服，念着那些寡淡如水的对白，曼努埃尔可没办法查看手机，接收他人的生日祝福。一代天骄曼努埃尔，生日竟以这种方式落幕，真是令人唏嘘不已。

我们完蛋了

乘坐电梯下楼时，我一直盯着手机屏幕，反复确认是否有漏掉的信息。截至目前，仅有四位嘉宾确定出席我的生日晚宴：外公外婆，还有两位姨妈。今天早上，我在老妈哼唱的生日歌中醒来，而老爸在我上厕所的时候敲了敲门，道了一句"生日快乐"。

至于老哥，因为昨天忙到太晚，我出门时他依旧躺在床上呼呼大睡。

几位老朋友在我的生日推文下点了赞，并发来了蜡烛蛋糕的小表情。连一句祝福都舍不得留下，真是无情无义，敷衍至极！我怒上心头，准备删掉这条推文一了百了，可这么做又有此地无银三百两之嫌，那些看过推文的人，心里一定会生出诸多猜测。曼努埃尔啊曼努埃尔，如此冷清的生日，可不是万人迷该有的排场！要是能回到过去，我一定不会拍下那张餐吧厕所的照片，也不会把它传上照片墙，这样他们就没有证据证明是我把劳拉·费拉罗反锁在了厕所里。凭苏珊娜的智商，永远都不可能怀疑到我头上。如果这一切都没有发生，我也不会被迫转学，现在依旧在那所学校里呼风唤雨，称王称霸。

我照了照镜子：头发一丝不乱，牛仔裤时髦笔挺，老爸老妈送的新墨镜更是锃亮帅气。只看表面，一切都是那么完美。现在是下午三点四十五分，曼努埃尔十四岁生日当天，而我却要赶去学校，陪着一群呆瓜过家家。他们甚至给了我一份剧本，里面写着需要背诵的台词。哼，真是可笑，别说背诵，我连封皮儿都没有正眼看过。

电梯抵达一层，我走出了大门。本以为能呼吸一口新鲜空气，谁想天公不作美，外面竟然淅沥沥地下起了雨。我竖起风衣帽兜，在站台棚和阳台底下灵活地穿梭。打伞漫步，那可不是曼努埃尔的风格。

校门外一个人影也没有。奇怪，我应该没有迟到才对。按照指示，我从体育馆侧门进入，穿过走廊，直奔教室。这所乡巴佬学校没有剧场，排练只能在教室里进行。真是土得掉渣儿。一想到之后还得费劲地搬动桌椅腾出空地儿，我就忍不住深深叹息。

教室大门紧闭，安静得出奇。我猛地拉开门，却发现所有人员都已到齐：罗茜、阿尔贝塔、路卡、法里德、达莉娅、米里安、马可……他们背靠墙壁，神色古怪，一言不发地注视着我。

"曼努埃尔，关上门，和其他人一块儿站到墙边儿去！"

"你们怎么……"

"没听到我的话吗，关上门，站过去！"朱利奥·维加斯一声咆哮，而我竟像只温驯的绵羊，乖乖儿地照做了。

"喂，你到底想干什么？"

我可不能在气势上输给对方，要是现在不表明态度，他一定会得意忘形，愈发猖狂。我一边说着，一边展示了一番肌肉。

"快停下，曼努埃尔，别招惹他。"萨米尔拉住我，那不是命令，而是恳求。

"曼努埃尔，别做傻事，快点过来！"阿尔贝塔冲我叫道。

搞什么名堂？我丈二和尚摸不着头脑。朱利奥手里拎着一个沉甸甸的瓶子，外面缠满了白色布条。我本能地迈开脚步，朝着教室后墙走去。大伙儿沿着墙壁一字排开，个个脸色煞白，像是受到了不小的惊吓。嚯，演得倒挺逼真，可惜我曼努埃尔才不会上当。这八成是在闹着玩呢。

"潘多夫呢，还没来吗？"我低声询问，众人齐刷刷地摇了摇头。

真是个靠不住的家伙，好不容易能派上点用场，他却像个乌龟似的姗姗来迟！

"闭嘴，曼努埃尔，不然让你尝尝它的厉害！"朱利奥喝道，举起了手中的瓶子。

等等。那东西……那东西该不会是……炸弹吧？一瞬间，游戏、电视，还有漫画里的各种战争场面涌入了我的脑海。我登时慌了神，再不复此前的淡定从容。老天爷啊，求你开开眼！我还年轻，可不想不明不白地死在这里。更何况今天还是我的生日！

朱利奥站到了门前。要是那个瓶子在教室里爆炸，我就完蛋了。我们都会完蛋，就像陷阱里的羔羊，一个也逃不了。

"都拿出手机，对着我拍照！"

大家面面相觑，不知道他又在耍什么把戏。

"我说了，对着我拍照！"朱利奥挥舞着瓶子，厉声说道。我们小鸡啄米似的连连点头，好的好的，别激动，我们绝对满足你的要求。

"我就是个透明人，没人注意的可怜虫！"朱利奥喋喋不休，他拎着瓶子，在教室里来回踱步。

我两股战战，冷汗直流。

"我一无是处，一事无成，我就是想出人头地，让大家知道我的名字，这有什么错？"朱利奥继续说道，声音冰冷。

老兄，要成为网红出名有很多种法子，你怎么偏偏选择了最蠢的那一种？好吧，我承认，我也很想出名，但我可不会……

"够了，现在把你们的手机都交出来！"

朱利奥飞快收走了我们的手机，哥们儿，拜托你轻拿轻放，别那么粗暴，那可是我刚买不久的新手机。

"你们有谁报警了吗？"我仍不死心，悄声询问其他人质，又是清一色地摇头否认。见鬼，你们平时不是看了那么多警匪片、动作片吗，关键时刻怎么一个也派不上用场！

"我受够了，受够了这一切！"朱利奥咆哮连连，继续发泄着他的怒火。

达莉娅抽抽搭搭地哭了起来，阿尔贝塔安慰似的搂住了她的肩膀。我多么希望她也来安慰安慰我，可现在大家都是泥菩萨过江——自身难保，曼努埃尔必须坚强。

我背靠墙壁，慢慢滑坐下去。原来恐惧是这般滋味，它会偷走你所有的力气，让你像根面条似的瘫软在地。

上吧，曼努埃尔

十分钟过去了，我们缩在墙边，瑟瑟发抖。朱利奥·维加斯为什么会突然失控，把大家反锁在教室里，还拎着那么危险的炸药瓶？我已经预见到了明早各大媒体的头版头条：垂柳街附属中学发生恐怖袭击事件，三年级 B 班全体学生无一生还。

我早就觉得那个朱利奥·维加斯的脑子不太正常。可谁能想到他竟会做出如此疯狂的举动？老天爷呀，我们就是一群手无寸铁的无辜群众！这么长时间以来，怎么就没人想过带他去看看心理医生？去年老爸老妈打算送我去那儿，也不知道他们哪根筋搭错了，我曼努埃尔的脑子可正常得很！

"朱利奥，能让女生们离开吗？"

法里德打破了沉默，他努力保持着镇定，语气礼貌谦和。其他男生纷纷表示赞同。该死，竟然又被他耍帅抢了风头。我飞快盘算一番，虽说晚了一步，但公开支持这个颇具骑士精神的提议还是能为我赢得不少分数。

"对，放女生们走吧。"我立刻出声附和。

"没门儿！"朱利奥恶狠狠地一口回绝，"所有人都得留在这儿！"

"所有人？对不起，我们做错了什么，凭什么站在这里受你摆布？！"

我再也按捺不住，针尖对麦芒地强势回击。

"是啊，为什么要这样对我们，我们做错了什么？"

达莉娅跌坐在地，像个小孩似的哭得稀里哗啦。欧若拉和阿尔贝塔蹲下身，一左一右，握住了她的手。

"朱利奥，你一直都是这个大家庭里的一员，我们从没有排挤过你，更没有欺负过你。你现在这么做就是忘恩负义，以怨报德！"阿尔贝塔朗声说道。

我不得不承认，我有那么点钦佩阿尔贝塔，虽然她是一颗酸溜溜的柠檬，但她伶牙俐齿，有勇有谋。救世主阿尔贝塔·佩内格里尼，现在可都指望你了，拜托你力挽狂澜，救我们于水火！我像筛糠似的直哆嗦，就连嘴唇也在止不住地颤抖，我是如此害怕，害怕再也无法离开这里，再也见不到老爸老妈，还有老哥。我怕自己变成一块黑乎乎的焦炭，顶着一张毁容脸度过余生。不不不，曼努埃尔无法接受这样的结局！

"都看着我，看着朱利奥·维加斯，这个三年级 B 班的可怜虫！"

老兄，被你威胁的我们又何尝不是可怜虫呢，一群任人宰割的可怜虫。

朱利奥掏出了打火机，恐慌犹如瘟疫般蔓延开来。一个失去理智的疯子想要把我们活活烧死。尖叫声此起彼伏，充斥着整个教室。

"我才是个无可救药的可怜虫！"

"三年级 B 班的可怜虫？不会吧，哥们儿，你真这么觉得？"

真是难以置信，但这句话的确出自我口。就像是在脑海里排练了千百遍，我就这么自然而然地脱口而出。要说可怜，在场的人里有谁比我更可怜？上吧，曼努埃尔，事已至此，也不用再顾及什么脸面，把心里的话都说出来，至少能潇洒痛快地和这个世界告别。

"在之前的学校，人人都争着和我做朋友。来到这儿之后，我的生活突然变得一团糟。朋友们全都离我而去，我就像个毫无存在感的透明人，所有人都对我不理不睬，不闻不问！"

我喘着粗气，停下来平复了一番呼吸。同学们全都愣在了原地，屏气慑息，听着我的独白。我咬紧牙关，强忍着泪水。朱利奥·维加斯眯起双眼，将信将疑。

"我说的都是实话，你如果不相信，可以去看我的手机。今天是我的生日，你要不要猜猜看，给我打电话说生日快乐的都有谁？只有我的外婆和姨妈。一个朋友也没有。一个朋友也没有！我可是……我可是曼努埃尔啊！"

"曼努埃尔又怎样？曼努埃尔就该受欢迎吗？"

曼努埃尔就该受欢迎吗？阿尔贝塔的声音并不响亮，却像一记重锤敲打在我的胸口。我紧贴着墙壁，一颗心如坠冰窟，额头上沁出了细密的汗水。

朱利奥·维加斯冷笑一声，他拎着瓶子，背在身后，朝我逼近过来："你说曼努埃尔？那个自以为是，觉得自己最帅最聪明，觉得自己高人一等的家伙？那个总想让我们俯首称臣、唯命是从的家伙？可怜我朱利奥·维加斯，直到此刻，都是个无人在意的无名氏！"朱利奥再次举起瓶子，作势就要摔下。

一股莫名的力量牵引着我，我一步踏出，凑到朱利奥跟前，直直地盯着他的双眼："要比谁更惨？那我可赢定了！瞧瞧，我可是长了一双大小眼！"

"还有头屑！"罗茜·巴贝利在一旁好意提醒。

"对，没错，还有头屑。而且……而且大家都讨厌我，我总觉得人人都该喜欢我，可事实上大家都在躲着我。为了博取关注，我戏弄别人，做了很多很多蠢事。把瓶子给我，朱利奥，还有打火机，这间教室里唯一该受到惩罚的人是我，曼努埃尔·鲁索。"

这应该是曼努埃尔有生以来第一次如此坦率地面对自我。

没有人说话，教室里静悄悄的。如果朱利奥真把那个瓶子给了我，这或许就是我最后一次开口说话了。没关系，现在的曼努埃尔已经心无挂念，无所畏惧。

我受够了这一切，变成一个火人就此消失也没什么不好。没必要拖累其他同学，毕竟他们那么快乐，不像曼努埃尔，只是个无人在意的可怜虫。

"快点，朱利奥，给我吧。"

我朝他伸出了手。

朱利奥看了看我，又看了看缩在墙边的其他同学。

这一瞬间，我竟萌生出一种错觉，我就像身处在一场电影之中，如果可以，我真想现在就拿起遥控器，为这荒唐的一幕画上句点。

柳暗花明

朱利奥·维加斯再次亮出了打火机。咔嚓，他按下点火按钮，火苗嗖地蹿起。可他并不准备把瓶子扔到我们身上，而是调转方向，瞄准了大门。真是个聪明的疯子：我们不可能从窗户跳下，要是唯一的逃生通道被火焰吞没，我们将变成笼中困兽，再也无法离开这里。

此时此刻，任何语言都显得那么苍白。朱利奥朝我们投来轻蔑而又怜悯的目光，他憎恶着他人，或许也痛恨着软弱无能的自己。我们无声地聚拢在一起，手牵着手，为彼此加油打气。罗茜·巴贝利站到所有人面前，她背对朱利奥，用身体筑起了一道防线。她示意大伙儿蹲下："都把外套脱掉，如果一会儿有机会冲出去的话，可以用来挡挡火苗。"

说完，她转向我，用力握了握我的手："噢，曼努埃尔，你刚才真是太勇敢了。"

"罗茜，你在嘀嘀咕咕什么呢？！给我闭嘴！"朱利奥喝道。

"没什么，别激动，只是在道别而已。"罗茜回答，她再度将视线投向了我们。

直到此刻我才明白，我并不像自己以为的那样，能够坦然地面对死亡。我想活下去。就算有头屑，就算长着一对大小眼，就算失去了所有粉丝，就算变得不再完美，我也想要活下去。

"见鬼去吧！"朱利奥咆哮如雷。

罗茜抬手按在我们头顶："低头，快低头，抱住脑袋。"

我们挤作一团，等待着最终时刻的到来。天灵灵，地灵灵，各路神仙显显灵！我双目紧闭，在心底无数次地祈求，曼努埃尔还有大好年华，可不想英年早逝！

"啪"，一声脆响，有什么东西炸开了，却并不像燃烧瓶碎裂的声音。突然，我身边的同学都站了起来，一个接着一个，离开了我们蹲守的阵地。我听到有人在叫嚷，但那并不是出于痛苦或恐惧的叫声。我睁开眼睛，发现教室里竟然下起了五颜六色的雨。不，那不是雨，而是漫天飞舞的彩色纸屑。大家纷纷上前，热情地拥抱我，一边笑，一边有节奏地拍着手。我终于听清了他们在唱什么："祝你生日快乐，祝你生日快乐，祝你生日快乐，祝曼努埃尔·鲁索生日快乐！"

这突如其来的转折，这让人瞠目结舌的生日惊喜。三年级B班的这帮家伙，真是从来不走寻常路。我本该暴跳如雷，脸红脖子粗地大吼一通，可我却傻乎乎地愣在了当场。一股热流涌入我的心房，我是如此开心，像个孩子似的号啕出声，成串的泪水滑过脸庞，好似开了闸的水龙头，怎么也止不住。彩色纸屑打着旋儿，落在我的发梢和衣服上，我涕泪横飞，嗝声连连，曼努埃尔不该在众目睽睽之下如此失态，可我已经顾不得许多。我活了下来，好端端地站在这里，并没有缺胳膊少腿儿，而我的同学们正在为我庆祝生日。我像是坐了一趟云霄飞车，本以为会冲出轨道摔个粉身碎骨，却又在下一秒平安落地，有惊无险地回到了原处。

罗茜·巴贝利伸手环住了我，那温暖的怀抱又让我的哭声拔高了几度。

"好啦，曼努埃尔，马尔塔外婆给你做了蛋糕，再不吃的话奶油可就要化掉了。"

阿尔贝塔的话让我回过神来，我响亮地吸了吸鼻子，终于止住了哭泣。讲台上摆着一个巨大的圆形蛋糕，上面插着十四支蜡烛。真奇怪，明明才大哭了一场，现在我竟又笑得合不拢嘴巴。在大伙儿的催促声中，我弯下腰，足足试了三次才吹灭了所有的蜡烛。

"听说这儿有蛋糕吃，能分我一块吗？"

潘多夫出现在教室门外，朝我挤了挤眼睛。

"同学们，你们的演出怎么样？"

"非常完美，朱利奥的演技出神入化！"阿尔贝塔回答。

"瞧，曼努埃尔，我说过他们很棒吧？从初一开始，他们就跟着我学习表演。"

我望着潘多夫镜片后笑眯眯的眼睛，这家伙，肯定早就和那群机灵鬼串通好，一起谋划了这出好戏。不过，曼努埃尔并不讨厌这个善意的谎言，我眉开眼笑,迫不及待地吃掉了属于寿星的那份蛋糕。

朱利奥·维加斯又像往常那样伸出了食指和中指,他点点眼睛,笑着说道:"抱歉,曼努埃尔,我们做得有些过火,不过你的表现真是出乎意料。"

我拍拍他的肩膀:"没事儿,朱利奥,我就是吓了一跳,以为死定了呢!你们成功骗过了我,真是个不错的玩笑!"

"那不是玩笑,是考验。"朱利奥说。

"而你完美地通过了考验,夏波!"阿尔贝塔出现在我们面前,手里拿着一个盒子和一张贺卡。

"夏波?"

"这是个法语单词,有恭喜、致意的意思。"阿尔贝塔一边回答,一边把盒子和贺卡递给了我。

"恭喜什么？"

"我之后再给你解释，曼努埃尔，你先看看贺卡，还有礼物。"

"拜托，看了可别头脑发热，大吼大叫！"罗茜出声叮嘱。

"放心吧，不会的。"我向她保证。

我打开信封，取出里面的贺卡。贺卡上写着一行字：

你的眼睛很正常。生日快乐，糊涂包。

下面是全班同学的签名。

糊涂包。

"所以我的右眼根本没有问题？"

"是的，"阿尔贝塔说，她信守承诺，向我解释起了前因后果，"而且你也没中什么邪眼。苏珊娜是罗茜的好朋友，在你转来之前，我们就已经摸清了你的底细，知道你被停学，知道你喜欢恶作剧。而我们并不打算坐以待毙，三年级 B 班全体同学商讨后决定，要给那新来的坏小子一个下马威，让他懂道理，守规矩。好了，赶紧拆开礼物吧。"

原来一切都在他们的计划之中！虽说我被这帮家伙耍得团团转，刚才的闹剧更是差点让我吓破了胆儿，可我却一点也不生气。我咧嘴笑着，感到无比快乐和满足，这是曼努埃尔度过的最棒的生日。

"你缓过气儿了，鲁索？哈哈，原来不良少年也会掉银豆豆！"罗茜说道，她在我肩头重重一拍，浑厚的内力瞬间把我震飞了出去。

马尔塔外婆的蛋糕很快就被分了个精光，潘多夫也加入了这场派对，大家一边吃着蛋糕，一边谈天说地。我打开了装着礼物的盒子，里面的东西让我目瞪口呆。

"你们不会想让我戴上它吧？"我扑哧一下笑出了声。

"当然了！"法里德嚷嚷，"现在就戴上，然后我们一块儿合影！"

潘多夫主动承担起了拍摄的重任。我们就像认识很久的老朋友，乱哄哄地凑在一起，嬉笑打闹，摆出各种姿势和表情，潘多夫举着我的手机，把这些美好的瞬间一一定格了下来。乌云散去，柳暗花明，我不再是透明人曼努埃尔，而是三年级 B 班这个温馨大家庭里的一员。

"好了，同学们，还有一小时时间排练，请大家充分利用起来。"

在潘多夫的带领下，我们一起研读了剧本，之后他为每个人分配了角色。而我也收获了今天的另一份惊喜：我发现自己真的很有表演天赋。舞台上的我如鱼得水，一招一式、举手投足，都有模有样。原来表演真的有一种魔力，让你沉醉其中，无法自拔。

排练结束后，我和大家一一道别，感谢他们为我所做的一切。就在我迈开脚步，准备踏上回家的路时，我忽地想起，还有一件事情没能来得及确认。

我走向罗茜和阿尔贝塔，低声问道："所以头屑呢，也是假的？"

"噢，那个呀，那个是真的。"罗茜毫不顾忌我的颜面，大大咧咧地说道，"不过这段时间好像没有了，你是不是用了什么去屑洗发水？哈哈哈！"

粉色新世界

今天又是一个艳阳天。气温依旧很低——我们现在可还踩着一月的尾巴呢，阳光穿过柳树低垂的枝条，亲吻着我的脸庞，驱散了一切忧愁和烦恼。我搓着双手，想让身体暖和起来，还好我已经告别了固定器，不然右手一定会冻成硬邦邦的冰棍。

我所站的这个位置，可以将整个学校尽收眼底。还有半个多小时才到上课时间，校园里依旧空空荡荡。我把手伸进衣兜，取出了同学们送给我的生日礼物，那副芭比粉心形太阳眼镜。我把它架上鼻梁，草地、垂柳、学校的墙壁，还有我的双手，整个世界都变成了甜蜜的粉色。

每每回想起那一天，想起那坐过山车般的大起大落，想起拎着瓶子的朱利奥·维加斯，还有马尔塔外婆美味的蛋糕，我都会发自内心地露出笑容。我本以为那帮家伙是些呆头呆脑的木头，谁想他们个个都是聪明绝顶的人物。那个词儿怎么说来着？夏波！我得向他们脱帽致敬。感谢他们，曼努埃尔终于找到了自己的位置，不再像只无头苍蝇似的横冲直撞，他终于与这个世界握手言和，终于明白，和所有人作对并不能够获得尊重，更无法排解内心的孤独。距离那一天已经过去了快两个月，但曼努埃尔会把它永远珍藏在心中。

昨天，我们排练已久的戏剧终于上演，取得了空前成功。那真是梦一般的经历，直到现在我仍在回味当时的点点滴滴。幕布拉起前，我手脚冰凉，紧张得直哆嗦；可当我登上舞台，面对观众，恐惧却奇迹般地离我而去，我的动作流畅自如，台词准确无误，其他同学的表现同样可圈可点。台下观众掌声雷动，久久不息，我们连续谢幕了五次，感谢他们的鼓励与认可。

老爸老妈和老哥也来到了现场。我的表演让理查德赞不绝口，他可不会像老妈那样为了哄我开心而表扬我，他只会就事论事，从不夸大其词。就连老爸也对我的表现给予了肯定，他可不是一个会轻易称赞别人的家伙。

我掏出手机，班级群里演出现场的照片一张接着一张地跳出屏幕，跃动的桃心，竖起的拇指，拍动的双掌，各种各样的表情不断冒出，大家纷纷表达着自己激动的心情，小小的群里好不热闹。

"眼镜很帅，鲁索。"

见鬼，我实在太过于专注，根本没有注意到停下车后同我擦肩而过的多纳蒂老师。

"早安老师。福福最近还好吗？"

多纳蒂老师转过头来，露出了笑容："噢，它很好。你们昨天的表演棒极了，真希望能有机会再看一次。"

"当然，下周有一场复演，五月的时候我们还会演一出新剧。"

"太棒了，我一定会去捧场！"

多纳蒂老师笑着走进了校门。我看了看时间，还有一刻钟就要上课了，那帮家伙怎么还在路上磨磨蹭蹭？

"鲁索！"

一道惊雷在我耳旁炸响，我吓得一蹦三尺高。

"罗茜！你咋咋呼呼地干什么呢？！"

这家伙，嗓门儿总是这么大，难不成喉咙里装了扩音器？

"这需要技巧和训练，可不是谁都能做到。你要是想学的话，我可以教你。"

"好啊好啊，罗茜老师，我们也要一起学！"

磨磨蹭蹭的家伙们不知从哪儿冒了出来，嬉笑着飞扑到我身上。我们约好一起在校门前拍照，作为演出完美落幕的纪念。和我一样，大家都戴着造型滑稽的太阳眼镜，朱利奥·维加斯的是菠萝形，罗茜的是汉堡状。我望着他们，不禁又一次陷入怀疑，世上居然真有商店售卖这些东西？

阿尔贝塔摆出酷酷的姿势，她戴着一副灯笼花眼镜，镜框上站着两只粉红色火烈鸟，它们的喙抵在一起，组成了一颗爱心。我再也忍耐不住，冲她笑出了声。

"哈哈，这也太拉风了！"

"怎么，你没见过火烈鸟吗？"

"你看起来很酷。"

"你也魅力十足。"

阿尔贝塔挽住我的胳膊，大家就这么戴着眼镜，浩浩荡荡地踏进了校门。

我们刚走进教室，就看到了讲台上坐着的潘多夫。在他转过头来的一瞬间，根本没人能够保持严肃。他也换上了同款太阳镜，镜片是两朵怒放的雏菊。

三年级 B 班的教室总是充盈着欢声笑语，或许快乐会相互传染，大家看待问题总是那么积极乐观。在这个大家庭里，每个人都能找到自己的位置，每个人都独一无二，不可替代。我享受着在这儿度过的每分每秒，要知道在此之前，曼努埃尔可是"谈学色变"。和这帮家伙一块儿学习，我干劲儿十足，课本上枯燥的内容仿佛都变得有趣了许多。

潘多夫正向我们讲解哥尔多尼①《女店主》的故事情节，阿尔贝塔递过来一块薄荷味木糖醇无糖口香糖。明明才过去了不到两个月，我的生活却发生了翻天覆地的变化。当我回忆起自己的十四岁生日时，脑海中会浮现出一副芭比粉爱心眼镜，一群古灵精怪的好友，罗茜老师免费提供的大嗓门儿辅导，还有对戏剧表演发自内心的喜爱。这种感觉可真不赖！

---

① 卡洛·哥尔多尼（Carlo Goldoni，1707—1793），意大利著名剧作家，《女店主》为其代表作，曾多次在中国公演。